수필 강의 노트

자연수필의 산책

수필 강의 노트

김홍은 지음

정은출판

책을 펴내며

문학이란 무엇인가.

학창시절, 문학공부를 한답시고 도서관을 들락대던 그 세월도 반평생이 지났다. 그 때가 엇그제 같은데 나무를 심고, 가꾸는 일도 40년을 마치고 정년을 하였다.

대학에서 조림학, 조경학을 담당하여 수업하였던, 전공과목을 버리고 지금은 아예 수필을 쓰고 지도하는 과정으로 전향을 하고 말았다.

20여 년간 평생교육원에서 수필지도를 하며 수필작품을 어설프게 서평하여 왔다. 늘 반복되는 수필을 함께 공부하여 오다가, 이번 학기는 식물종자를 파종하여 발아와 생장 과정의 체험 수필을 쓰도록 하였다.

좋은 수필을 쓰는 방법은 바로 씨앗을 심고 가꾸는 정성을 쏟는 일이나 다르지 않다.

나무가 자라서 아름다운 꽃을 피우고, 열매를 맺는 의미와 봄을 기다리는 숙연한 모습에서 어질음의 뜻을 배울 수 있었다.

나무를 가꾸면서 깨달음을 알게(知)되었고, 실행으로 진정한 사랑(仁)을 배웠고, 의리(勇)가 무엇인가를 겸손히 느끼게 되었다.

이러한 마음을 담아 나름대로 수필을 지도하던 강의노트를 부족하나마 펼쳐냈다. 수필을 쓰는데 조금이나마 도움이 되었으면 한다.

2016년 십일월에

김 홍 은

| 차례 |

자연의 소재 찾기

어떻게 하면 독자의 관심을 끌게 되는 수필이 될 수 있을까. 이런 고민은 어제 오늘에만 있었던 것은 아니다. 작가가 글을 발표하고 나면 그 이후는 독자의 몫이 되고 만다. 작가라면 누구나 좋은 글을 쓰고 싶어 한다. 명성 있는 작가로 인정받기를 원한다. 또한 잘 팔리는 책이 되기를 바란다. 그러나 이는 쉬운 일이 아니다. 모든 문제의 답은 작가에게 있다. 물론 좋은 작품이 첫째라 하겠지만, 소재에 따라 다르고 그 시대에 따른 각양각색인 독자들의 기호에도 있다고 할 수 있다.

우리 사회는 '80년대 이전만 하여도 문화 수준이 다층을 이루고 있었다. 그러나 현시대는 교육 문화의 수준이 평준화되어 있어 우연하면 누구나 글을 쓸 수 있다. 수필작가로 등단을 하지 않았을 뿐 나

전나무 수꽃과 암꽃의 성장 변화 과정

름대로 작품을 평하는 능력을 소지하고 있으므로 평범한 작품집은 대열에 끼기가 어렵다. 이는 비단 수필만의 문제는 아니다. 시는 함축된 영감의 단어로 엮어내지만. 특히 수필은 주변의 소재로 자신의 평범한 경험을 주로 써서 발표하는 신변잡기의 작품들이 많아 독자가 크게 흥미를 느끼지 못하는 경우가 태반이다.

수필은 사색과 철학이 담겨 있고, 해학과 예지가 있고, 사물을 통찰한 진술하면서도 참신한 문장으로 감동을 주어야 한다는 이론은 작가라면 다 알고 있다. 그러나 글을 써 놓고 나면 작품은 그렇지가 않다. 작가와 독자 간의 비슷한 생각과 경험들로 써진 수필이 되고 만다. 이에 대한 해결책은 작가의 피나는 노력 여하에 달려 있다. 그중에서는 여러 가지 방법이 있다고 하겠다. 우리가 늘 대하는 자연의 소재를 가지고 논하여 보고자 한다.

1) 자연의 소재 찾기

자연은 우리의 생명을 지켜주는 재산이다. 자연을 함께하며 살아가면서도 겉으로만 알고 있지 깊이 있는 부분을 잘 모르고 있다. 물론 깊게 관찰을 하거나 참고서를 보게 되면 바로 알 수 있다. 그러나 글을 쓸 때 단순히 자기가 알고 있는 경험만을 머리로 쓰다 보니, 역시 작가와 독자 상호간에 별로 차이가 나는 작품이 되지 못한다.

전체의 큰 덩어리인 숲만 보지 말고, 개체간의 작은 하나하나의 수종으로 나눈다면 다양한 소재가 탄생되게 된다. 테마 수필

잣나무수꽃과 암꽃의 변화 과정

로 이끌 수 있는 계기도 된다. 예를 든다면 침엽수와 활엽수의 일부 수종을 들어 본다.

(1) 침엽수 소재

침엽수의 대표적 수종은 소나무를 들 수 있다. 소나무는 생태적으로 건조한 토양에서 견디는 힘이 강하다. 침엽수의 대부분은 추위와 건조에 강하며 위도가 높은 고산지대에서 잘 자란다. 거의 대부분이 상록성이지만 낙엽성인 침엽수도 있다. 침엽수는 자방(子房)이 밖으로 노출되어 있는 나자식물로 거의가 구과(毬果)를 생산한다. 그러나 주목, 비자, 개비자, 은행나무는 침엽수에 속하지만 표면이 과육(果肉)으로 되어 있다.

침엽수는 자엽(子葉)이 두 장인 반면, 여러 장의 다엽인 수종도 있다. 잎이 뾰족하지만, 은행잎처럼 예외적인 것도 있다.

침엽수의 잎은 피침형으로 되어 있으며 바늘처럼 가늘고 길다. 끝이 뾰족하다. 소나무나 잣나무는 거치가 없는 듯하지만, 확대하여 보면 톱니가 있다. 수종을 식별할 적에는 잎의 외형상의 형태를 가지고 하거나 꽃과 열매로 구분한다.

침엽수 수종으로는 솔송나무 · 주목 · 비자나무 · 개비자나무 · 구상나무 · 분비나무 · 눈잣나무 · 섬잣나무 · 전나무 · 일본전나무 · 금송 · 낙우송 · 소나무 · 리기테다소나무 · 잎갈나무 · 노간주나무 · 눈향나무 · 메타세콰이어 · 삼나무 · 가문비나무 · 독일가문비나무 등을 들 수 있다.

이들의 나무는 대개가 수종간에 비슷한 점이 많다. 교목성이

구상나무 암꽃

구상나무 암꽃

라 꽃들을 보기가 어렵다. 거기다가 눈에 잘 뜨이지가 않는다. 침엽수종을 두고 어떻게 표현할 것인가.

(2) 활엽수 소재

활엽수는 자방이 열매 속에 있으며, 피자식물로 떡잎이 두 장인 쌍떡잎식물이다. 그러나 이중에는 떡잎이 하나인 외떡잎식물(청미래, 청가시)도 있다. 활엽수는 모두 잎이 넓다.

잎을 보면 상록성인 것과 낙엽성인 두 종류가 있다. 늘 푸른 상록활엽수, 가을이면 낙엽이 지는 낙엽활엽수로 구분하며 단풍의 색채도 서로 다르다. 열매의 모양도 다양하다. 식물의 분류는 꽃과 열매 또는 잎의 모양과 엽맥의 수나 거치의 생김새도 각양각색이다. 수목학에서는 외부 형태를 보고 수종을 분류하여 알게 된다.

활엽수 소종으로는 망개나무·생강나무·떡갈나무·시닥나무·개오동나무·가래나무·정향나무·거제수나무·나도박달나무·고로쇠나무·작살나무·박쥐나무·난티잎나무·삼지닥나무·먼나무·황벽나무·황칠나무·헛개나무·층층나무·청미래덩굴·너도밤나무·나도밤나무·초피나무·피나무·쇠물푸레나무·딱총나무·소태나무·멀구슬나무·붉나무·신나무·산겨릅나무 등을 들 수 있다.

수필 소재를 택할 적에 가능한 우리 주변에 있는 식물보다는 남이 모르는 식물을 소재로 정한다면 독자들에게 새로운 감을 자아내게 될 수 있다. 이러기 위해서는 식물을 찾아 관찰이 필요하다.

섬잣나무 암꽃의 변화

구상나무 암꽃 성장 과정

독일가문비 수꽃과 암꽃

2) 식물의 꽃 소재

우리나라는《한국식물도감》(정태현 저) 이 60년대에 흑백 그림으로 처음 나왔다. 이후 80년 초에《대한식물도감》(이창복 저) 이 흑백 그림으로 서점에 나왔다. 이때만 하여도 식물의 탄생에 대한 지식이 부족하여 계절과 함께 꽃을 피우고 열매를 맺는 모습을 잘 몰랐다. 우리는 교육을 통하여 자연에 대한 눈을 뜨고 알게 되었다. 현재는 색상으로 된 사진촬영한 도감이 많이 발간되어있다. 또한 숲 해설사, 사진동호회 회원들은 식물에 대하여 박식하다.

식물의 번식도 막연하게나마 아이를 낳고 자손을 번창시키기 위한 남녀 간의 결합함으로 식물의 탄생의미를 인식하게 되었다.

식물학자 린네를 통하여 식물의 비밀을 알게 되면서 꽃도 생식의 의미로 받아들여졌다.

예로부터 인간은 자신의 생각을 언어로 소통하지 않고 어떤 특별한 의미를 가진 꽃이나 열매를 상대에게 은밀하게 그 뜻을

구상나무 암꽃 푸른구상,
붉은구상, 검은구상

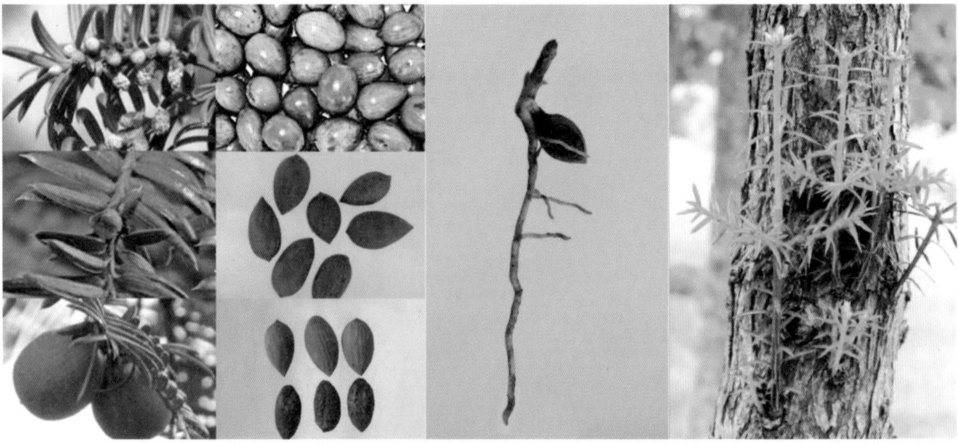

비자나무 암꽃과 수꽃. 열매의 모습

전달하였다고 한다. 꽃은 마음과 언어의 뜻을 담고 있다. 말을 하지 않아도 그 속에는 상징적 의미가 담겨 있고, 서로 간의 감정을 전달한다. 세월이 흘러감에 따라 꽃의 색깔, 아름다운 형태나 향기로 꽃말까지 만들어져 있다.

린네는 꽃의 형태를 분류에 활용하였다.

식물의 꽃은 식물의 성(性)을 나타낸다는 생각을 얻어 냈다. 식물 꽃의 수술 수, 비율, 배열에 따라 스물네 개의 강(綱)으로 나누었다. 강은 암술대의 수에 따라 목(目)으로, 목은 결실 방법에 따라 다시 속(屬)으로 나누었다. 속은 그것을 구별할 수 있는 특징에 따라 종(種)으로 분류하였다. 그의 세심한 관찰로 누구도 따를 수 없는 분류학의 대부가 되었다.

우리의 문학도 이처럼 깊이가 있는 통찰을 담아낸 글을 발표한다면 독자들의 마음을 이끌어 낼 수 있을 것으로 믿는다.

꽃은 어떤 일을 하는가. 꽃에는 암술과 수술이 있다. 식물의 번식 기능을 담당하면서 열매를 맺게 한다. 꽃은 색깔과 향기로 곤충을 유인한다. 한편 꽃은 꿀을 생산하여 곤충의 먹이를 제공함으로 이들 과정에서 꽃가루받이가 일어나게 된다. 즉 다른 꽃의 꽃가루를 암술머리에 전달함으로 수분이 되어 수정됨으로 씨가 생기게 된다. 이런 식물로는 충매화, 풍매화, 조매화, 수매화가 있다.

남다른 글을 쓰기 위해서는 바람이나 곤충이 되어 본다. 곤충의 역할을 분담하여 인공 수분의 체험을 갖는다. 수분이 이루어

스트로브잣나무 수정 후 종자 성장 과정

지게 하는 과정을 창작의 작품으로 쓸 수 있다. 작가는 글을 쓸 때 사물의 관찰도 중요하지만, 새로운 시도로 육종학적 방법으로 씨를 맺게 하는 구성은 참신한 작품으로 독자들에게 흥미를 가져다 줄 수 있을 것으로 생각한다.

꽃의 구조를 살펴보면 꽃가루받이에 필요한 암술·수술·씨방과 이러한 기관을 보호하는 꽃잎·꽃받침 등으로 되어 있다. 꽃은 크게 꽃잎이 하나하나 떨어져 있는 갈래꽃과 꽃의 밑 부분이 붙어 있는 통꽃으로 나뉘어 있다.

꽃을 자세히 들여다보면, 꽃의 모양은 십자모형·나비모형·혀모형·종모형 등을 나타내며 많은 작은 꽃이 모여 한 송이 꽃처럼 보이는 여러 가지 꽃 종류가 있다. 남다른 소재를 얻기 위해서는 이런 종류의 꽃들을 관심 있게 관찰함이 요구된다.

꽃들이 꽃자루에 붙는 모양을 꽃차례라고 한다. 꽃차례는 여러 가지가 있는데, 식물마다 대체로 일정한 꽃차례를 가진다. 긴 꽃자루에 꽃자루가 없는 작은 꽃들이 촘촘히 붙은 수상꽃차례, 꽃자루에서 여러 개의 가지가 갈라져 전체가 원뿔 모양을 이루며 피는 원뿔꽃차례, 긴 꽃자루에 작은 꽃자루가 있는 꽃들이 어긋나게 붙어 피는 총상꽃차례가 있다.

긴 꽃자루에 어긋나게 붙은 작은 꽃자루의 높이가 같아져 꽃들이 같은 높이에서 피는 산방꽃차례, 어긋나게 붙는 산방꽃차례에 다시 같은 높이로 자라 피는 겹산방꽃차례도 있다. 꽃자루 끝에 피는 꽃과 양쪽으로 가지가 갈라져 꽃이 피고 또 가지가 갈라져 꽃이 피기를 반복하는 취산꽃차례도 있다.

해송(곰솔)의 암꽃과 수꽃

꽃자루 끝에서 같은 길이로 우산살처럼 갈라진 작은 꽃가지 끝마다 꽃이 달려서 피는 산형꽃차례도 있다. 줄기 끝에 많은 꽃들이 촘촘히 모여 달려 있어 전체가 한 송이 꽃처럼 보이는 두상꽃차례, 수상꽃차례가 꼬리처럼 길에 늘어져 피는 꼬리꽃차례도 있다.

이처럼 꽃이 피는 형태가 다양함을 수필 문장으로 꼼꼼하게 표현한다면 지적인 수필 작품으로 독자들에게 식물학적 느낌을 전해 줄 수도 있다.

꽃의 색깔, 향기는 우리의 오감을 일으키게 한다. 단순한 언어로만 표현할 것이 아니라 이를 영상화할 수필집으로 엮는다면 독자의 마음을 끌어들일 수 있지 않을까 한다.

3) 잎의 소재

잎은 식물에 필요한 영양분을 만드는 중요한 부분이다. 잎의 주요기능은 광합성을 통해 양분을 생성하게 된다. 엽록소는 식물의 녹색을 띠게 하는 물질로 빛에너지를 흡수하여 동화작용을 한다.

이 과정에서 동물들은 산소를 공급받기도 하고 식물의 양분을 착취하여 살아간다. 잎은 식물에서 없어서는 안 되는 생명을 담당하는 부분이다.

잎은 넓게 펴진 잎몸이 잎자루에 달려서 줄기에 붙어 있다. 크기의 모양, 잎 가장자리의 다양한 모양, 잎맥의 형태도 각양각색이다. 잎맥은 잎몸을 지탱하고 물질을 잎조직의 이곳저곳으로 옮기는 통로이다. 잎자루에서 잎사귀 전체에 방사상으로 퍼져 있다.

잎맥은 식물의 종류에 따라 쌍떡잎식물은 그물맥으로 잎맥 끝이 서로 떨어져 있지만 외떡잎식물을 나란히 맥으로 잎맥 끝이 거의 떨어져 있지 않다. 잎은 보통 한 장의 잎몸으로 이루어진 홑잎과 여러 장의 잔잎으로 이루어진 겹잎으로 되어 있다. 때로는 잎이 퇴화되어 가시나 비늘이 되기도 한다.

잎은 줄기에 피어나는 모습이나 이에 따른 형태의 표현이 다르다. 한 개의 잎몸으로 된 잎을 단엽(單葉) 또는 홑잎이라 한다. 잎의 잎겨드랑이에서 꽃이 피는 것을 액생(腋生)이라고 하고, 줄기와 잎 사이를 잎겨드랑이라고 한다. 잎을 달고 있는 부분을 잎자루라고 부르며, 한 마디에 잎이 석 장 이상 붙어 있는 경우를 윤생(輪生)이라 표현한다. 잎이 작아져서 그 형태가 보통의 잎과 다른 것을 포(苞)라고 부른다. 대개는 암꽃을 보호하기 위한 인편(鱗片)형상로 붙어 있기도 한다.

잎을 표현할 적에는 잎자루에 작은 잎이 모여서 붙어 하나의 잎이 되었을 경우 우상열(羽狀列), 장상열(掌狀列)이라 칭하며, 잎의 가장자리 톱니 모양도 다양하다. 그러나 우리는 전체적 큰 덩어리로 표현을 하고 만다. 잎자루의 길이에 따라 바람에 잎이 펄럭대는 모양도 소리도 다르다.

우리 속담에 "사시나무 떨듯 한다."라는 표현은 사시나무를 통하여 만들어진 하나의 작은 관찰이다. 나무의 표현을 인용하여 쓸 줄은 알아도 왜 하필이면 사시나무에 비유를 했는지는 잘 모른다. 사시나무는 다른 나뭇잎보다 잎자루가 길다. 잎의 모양, 배

리기다소나무의 수정이 된 후 솔방울 생장과정

은행나무의 수정과 종자생성 과정

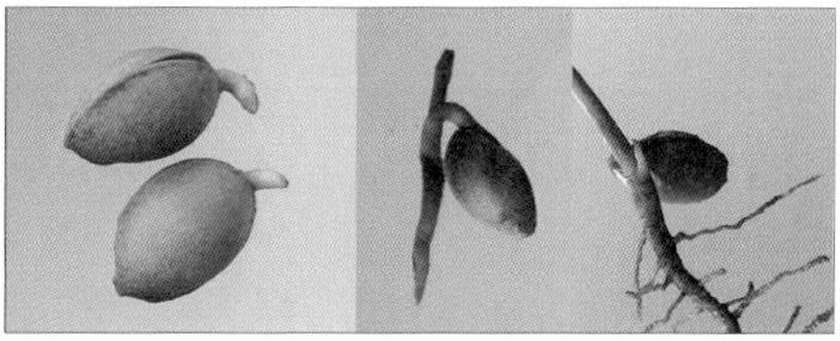

종자 발아에서 성장과정

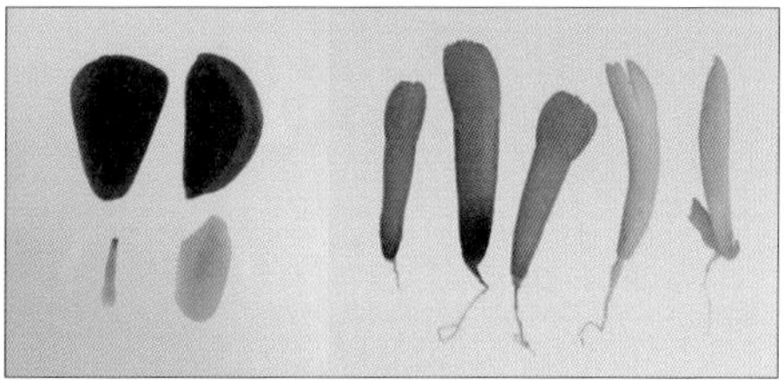

침엽수 종자의 비밀

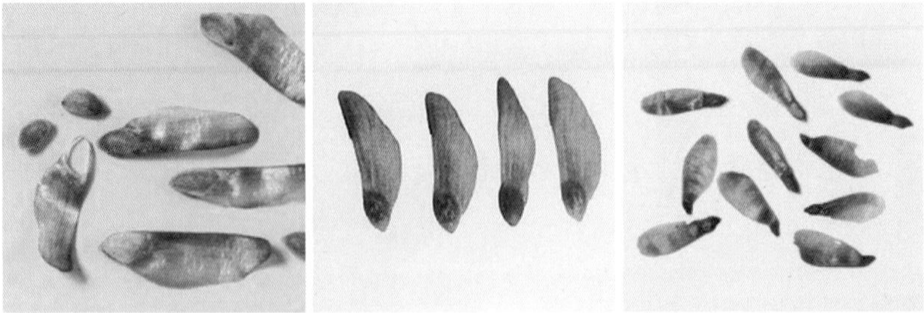

해송씨　스트로브잣나무씨　가문비나무씨

· 침엽수 종자 발아의 모습

침엽수인 소나무과의 잎은 소나무는 2개, 리기다소나무는 3개, 잣나무는 5개씩 묶여 나고 있다.

스트로브잣나무 잎은 5개지만 종자에서 발아된 잎은 몇개인가?

열(配列)과 엽맥(葉脈), 톱니의 형태를 작가의 시각으로 관찰한다면 색다른 흥미로운 소재가 될 수 있다.

식물학적으로는 다 알고 있는 내용이라 하겠지만 학술적인 표현보다는 쉽고 정감 있게 꽃, 잎, 열매, 줄기를 표현함으로 신변잡기의 소재에서 벗어날 수 있는 새로움을 느끼게 할 것으로 생각한다.

4) 종자의 소재

식물은 종족 번식을 위해 사계절을 통하여 열매를 맺는다. 그렇다고 반드시 종자를 맺지 않는 식물도 있다. 식물이라 하여 반드시 종자로만 번식을 하지 않는 것도 있다. 고사리 종류는 포자를 통하여 번식을 한다. 식물의 번식은 크게 나누어 유성번식(有性繁殖)과 무성번식(無性繁殖)으로 나누어 생각할 수 있다. 즉 씨앗으로 번식을 하거나, 모체(母體)의 일부분으로 하나의 개체가 떨어져나가 생명을 탄생시키기도 한다. 유성번식과 무성번식에 대하여 살펴보면 식물만의 비밀을 지니고 있다.

대부분의 식물은 꽃을 피워 종자를 맺지만 꽃을 피우지 않고, 번식하는 식물도 있다. 예를 든다면 잎이나 줄기, 뿌리 등으로 영양기관의 일부로 번식을 하기도 한다. 이처럼 숨겨져 있는 비밀을 찾아서 들려준다면 보다 흥미로운 작품으로 만들어 갈 수 있다.

식물의 종자도 보면 초본은 당년에 맺지만 임목은 2년에 거쳐 씨앗을 맺는 종류가 있다. 깊이 관찰하기 전에는 이를 발견하기

종자 발아

도 쉽지가 않다. 씨앗은 하나의 생명을 지녀 한 개의 개체를 만들지만, 인공을 가하게 되면 때로는 수십 개에서 수백, 수천 개로 넓혀 번식을 하게도 할 수 있다.

싹을 틔우는 과정을 보면 종자도 지상발아와 지하발아를 하는 식물로 구분이 된다. 그러나 우리는 작은 것에는 신경을 쓰거나 생각하지 않고 큰 것에만 관심을 두고 있다. 씨앗을 직접 파종하여 생명체가 탄생되어 자라나는 과정을 보면 새로운 소재를 얻게 된다. 종자가 담고 있는 비밀을 들려줄 때 신비로운 수필작품이 되지 않을까 생각한다.

끝을 맺으며

인류의 문화는 나무로부터 시작되었다고 해도 과언은 아니다. 나무로부터 먹을 것을 얻어 생명을 유지하여 왔다. 한 그루의 나무가 자라려면 사람의 정성이 있어야 한다. 나무가 자라서 꽃을 피우고 열매를 맺으려면 좋은 환경인 토양·수분·햇빛·공기·양분 등이 필요하다. 우리 수필문학도 좋은 작품을 쓰기 위해서는 이와 같은 여건을 스스로 갖추어야 한다. 나무도 영양분이 부족하면 크게 자랄 수가 없다. 수필가도 역시 마찬가지다.

유명한 작가가 되고 싶으면, 양식이 될 그릇을 키워야 한다. 이는 좋은 작품을 쓸 수 있는 지름길이다.

꽃과 나무에 얽힌 속담을 생각하여 본다.

나무는 큰 나무 덕은 못 보아도, 사람은 큰 사람의 덕을 본다.

과육 종자

딸을 낳으면 울 밖에 오동나무를 심는다. 단산봉황(丹山鳳凰)이 죽실(竹實)을 물고 오동(梧桐) 속으로 드나들 듯한다.

오얏나무 밑에서 갓끈을 매지 마라. 못 오를 나무는 쳐다보지도 마라. 원숭이도 나무에서 떨어질 때가 있다. 가지 많은 나무 바람 잘 날 없다. 감나무 밑에 누워 감이 떨어지기를 기다린다. 열 번 찍어 안 넘어가는 나무 없다. 굽은 나무가 선산을 지킨다. 뿌리 깊은 나무는 바람에 넘어지지 않는다. 나무는 먹줄을 받아야 곧아지고, 사람은 충고를 받아야 거룩하게 된다.

꽃 본 나비요, 물 본 기러기다. 꽃도 십일홍이면 오던 벌 나비도 아니 온다. 호박꽃을 꽃이라니까 오는 나비 괄시한다. 꽃만 피고 열매는 맺지 않는다.

바람이 불지 않으면 나뭇잎은 흔들리지 않는다. 가랑잎이 솔

잎 보고 바스락댄다고 한다. 뽕도 따고 임도 본다.

나무와 연관된 많은 속담을 알아둬도 수필을 쓰는데 소재의 가교 역할이 되리라 생각한다.

숲만 바라보지 말고 한 그루의 나무를 보라. 나무에서 잎을, 거치를, 엽맥을 관찰하라. 꽃에서 숨어있는 자연의 비밀을 찾아내라.

이들은 새로운 소재로 좋은 작품이 될 수 있지 않을까.

5) 자연의 소재 찾기 실 예

동백꽃

낙엽송

매화

투구꽃

꼬리조팝

엉겅퀴

엘레지

철쭉꽃

명자

일본 목련

수련

분단나무 꽃

자귀나무 꽃

하눌타리

태산목

당조팝나무 꽃

해바라기

전나무 꽃

닥나무 잎

오리나무 잎

자귀나무 잎

무화과 잎

개다래 잎

쪽동백나무 잎

튜립

개옻나무 잎

함박나무 잎

목련나무 잎

꽃사과

작살

사과

산사나무 열매

복숭아

살구

앵두

으름나무 열매

석류

화솔

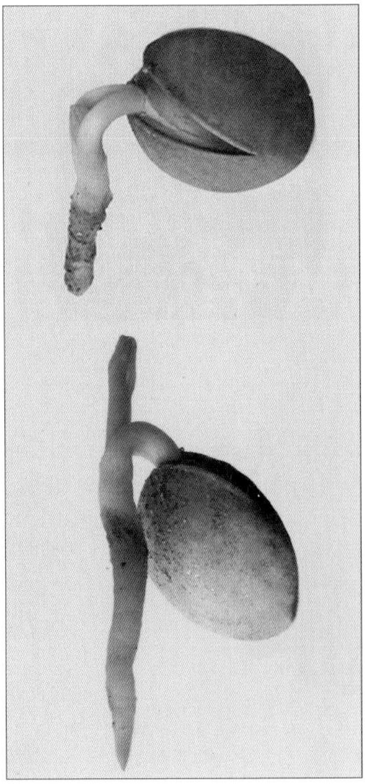
은행 종자 발아

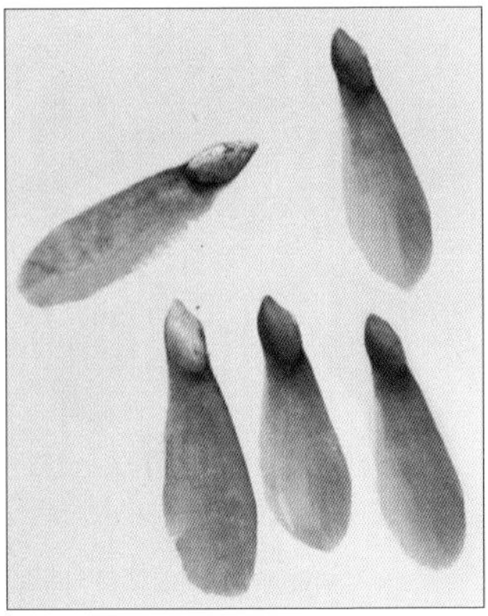
가문비 씨

1. 작가의 길을 향한 자세

어떻게 해야 좋은 글을 쓸 수 있을까?

글을 쓴다는 사람이면, 누구나가 갖게 되는 고민입니다. 비단 문학뿐만 아니라, 모든 예술분야를 공부하는 작가라면 훌륭한 작품을 남기고 싶어 함은 누구나 같은 심정입니다.

수필문학은 체험을 바탕으로 한 삶의 희노애락을 지식과 지혜를 담아 들려주는 어떤 인생철학 이야기입니다.

수많은 언어는 가슴을 울리기도 하고 때로는 잡힐 듯, 하면서도 잡히지 않고 느껴지는 듯 하면서도 느껴오지 않는 아쉬움으로 남고 있습니다.

가득한 것 같으면서도 비어 있고, 만족한 것 같지만 어딘가 미흡한 것이 있어 글을 쓴다는 일은 끝이 없습니다.

예술의 경지에 오른다는 것은 어느 만큼에 가야 하는지 아무도 모릅니다. 그래서 우리는 예술 속에 빠져들지만 늘 방황하게 되나 봅니다.

1) 사색(思索)을 해야

사색이란 용어는 뚜렷하게 '이것이다.' 라고 정의를 내릴 수는 없지만 유사한 단어로는 사고(思考), 사유(思惟), 사상(思想)이라고도 할 수 있겠습니다. 그리나 일반적으로는, 어느 대상이나 사건 또는 그러한 것들의 측면을 지각(知覺)의 작용에 직접 의존하지 않으면서도 깊은 생각으로 헤아려 봄으로 이해하게 되기도 합니다.

사색이란 이에 따른 결과들을 나름대로 파악하게 되는 심리적 과정을 가리킨다고 할 수도 있습니다.

문헌에 의하면 '사색이란 항상 누구나 겪는 자명한 행위로서 R.데카르트는 사고(思考)를 존재의 첫 번째 표시라고 했고, 아리스토텔레스는 새로운 타당한 판단인 추리를 이끌어내는 과정'이라고 하였습니다.

사고의 법칙에는 삼단논법의 세 요소인 개념·판단·추리가 동시에 사고의 요소가 된다고 합니다.

이로 볼 때 사색은 단순한 어떤 사고나 사유에 의한 것만이 아니라 자신이 생각함이 옳고 그른 판단도 따른다고 봅니다.

어쨌든 좋은 글을 쓸려는 노력은 사색함을 잊지 말아야 되겠습니다.

논어에 보면 '배우되 사색하지 않으면 체계적 지식을 가질 수가 없고, 사색만 하고 배우지 않으면 공허할 따름이다.' 라고 하였습니다. 공자는 '종일토록 먹지 않고 밤새도록 잠자지 않으면서 사색하였으나 무익하였으니 배우는 것만 같지 못하다.'고 일렀습니다.

이는 학(學)과 사(思)가 병행되어야 함이니 '만약 배우기만 하고 사색을 가하지 않으면 단편적인 지식만 있게 마련이다.' 라 했습니다. 그렇다고 사색만 하고 배우지 않으면 내용이 없어 공허한 것이 되고 맙니다. 배운다는 것은 자신의 모든 경험으로 부터 얻어지게 됨입니다. 좋은 글을 쓸려면 사색을 많이 해야 합니다.

2) 자아완성(自我完成)의 실천을

공자는 도(道)를 가진 사람이면 고하를 따지지 않았고, 멀고 가까움을 가리지 않고 찾아가 배웠음을 이미 알고 있습니다. 그러면서 위편삼절(韋編三絶)로써 선각자의 지(知)와 행(行)을 익히고 몸소 실천하면서 자아완성(自我完成)의 실천으로 자신의 몸과 마음을 닦아가는 방법을 스스로 터득하며 살아갔다 합니다.

공자의 학문과 사색으로 그는 심상(心想)을 길러가면서 그런 속에 어떤 생각을 몰두하게 되면 반드시 한 가지로 꿰뚫어(一以貫之)보았다 합니다. 이것이 그에게는 이 원리를 통하여 도를 깨우치게 하는 일관지도(一貫之道)로 생각하였음을 알 수 있습니다.

문학도 바로 이것일 겁니다. 좋은 글을 쓴다함도 어떤 소재를 얻게 되면, 오로지 이에 대한 모든 관찰에서부터 얻어진 지식, 깊은 사고, 경험 등으로 자신의 인식을 한 가지로 꿰뚫어 들려줌입니다.

좋은 수필의 비밀은 바로 이런 점에 있습니다. 많은 세월을 두고 노력을 하고 난 후에야 스스로 얻게 될 수 있습니다.

공자의 사상은 인(仁)입니다.

생명도 소중하지만 仁을 생명보다 더 소중히 여겼습니다. 수천 년이 흘러 오늘에 이르렀어도, 그의 도(道)는 변함이 없습니다. 그 누구도 흉내를 낼 수도 없고, 따를 수 없는 공자의 학문 도는 仁입니다.

仁은 공자 철학의 정수(精髓)이지만, 그가 제창하는 인의 원래 의미는 「사람다움」입니다.

주자(朱子)는 仁이라는 것을 '사람이 그것에 의해 사람이 되는 바의 이치(理致)다' 라고 하였습니다.

좋은 수필은 작품을 통하여 사람들을 감동시킴입니다. 감동이 없는 작품은 仁이 부족해서 입니다.

3) 작품은 바로 '그 사람이다'

우리의 삶도 이와 마찬가집니다.

작품은 바로 '그 사람이다' 라고 우리는 말하고 있습니다. 그러므로 우리가 글을 쓴다는 것은 바로 사람이 되기 위함입니다. 인간다운 생각으로 인간다운 이야기를 들려줄 때 좋은 글이 되겠습니다.

진솔함, 솔직함, 순수함, 지적임, 사색, 남다른 경험이 포함된 이야기라 하겠습니다.

사람은 먼저 겸손을 바탕에 두어야 좋은 글을 쓸 수 있습니다. 불인(不仁)한 사람은 아무리 문학을 공부한다 하더라도 진정한 문장(文章)을 볼 수 없고, 오직 형식적인 절문(節文)을 지킴에만 그칠 뿐일 것입니다.

문장에는 겸손의 바탕일 뿐 아니라 인간의 모든 생활에 바탕이 되는 그 사람의 인생철학(人生哲學)이 될 겁니다. 한마디로 말해서 그 사람의 인격(人格)이며 인품(人品)입니다.

공자는 예(禮)를 바름(直)으로 표현하였습니다. '바름(直)은 안으로 자기를 속이지 않고, 밖으로 남을 속이지 않는 것이다.' 라고 하였습니다.

즉 자기의 심정을 본래 그대로 발로시키는 것의 이름일 것입니다. 그런데 세상 사람들은 흔히 본성(本性)을 굽혀 안으로는 자기를 속이고, 밖으로는 남을 속이며 자신의 인생을 거짓으로 일생을 살아가려 하고 있습니다. 공자는 이러한 사람을 요행에 기대어사는 삶이요. 정정당당치 못한 인생이라 하였습니다.

사물을 겉만 바라보고 그런 생각으로 수필을 쓴다면 절대로 좋은 글이 될 수 없습니다.

우리 속담에 '수박 겉핥기'란 말이 있습니다. 겉보다는 수박 속의 맛을 들려주어야 합니다.

즉, 인품을 가지고 글을 써야 합니다.

4) 인간다움(模範)

문학을 하는 사람이라면 정직해야 합니다. 똑 바르게 살아가야 합니다.

자신의 본성대로 마음을 닦아 늘 맑고 깨끗한 생각으로 어디를 가서 자리를 해도 정정당당한 모습으로 학문과 사상(思想)이 바르러 남에게 인간다움(模範)이 되어야 할 것입니다.

마음이 바르지 못하면 소박하거나 질적(質的)함이 부족하고, 예(禮)로서 배움이 깊지가 못하면 사람은 사람답지가 못하고 잘난 체 허세만 부릴 뿐입니다. 이런 사람은 글을 쓴다 해도 감동이 없으며, 몰인정함이 배어있어 정감이 없게 마련입니다. 그러므로 경박하고 예의도 모르고 겸손할 줄도 모르면서 겉으로는 순박한 척하는 사람은 자신의 심상(心想)을 돌아보는 자세로 인의예지(仁義禮智)를 바탕에 두고 글을 쓰는 마음자세부터 다져가야 합니다.

어질고(仁), 의롭고(義), 예의 바르고(禮), 지혜로움(智)의 마음으로 글을 쓰면 언젠가는 좋은 글이 될 겁니다.

공자는 제자들에게 질직한 마음을 교화하여 닦아 나갈 때 인(仁)이 이루어지고, 극기복례(克己復禮)할 때 정(情)이 생성되어 인이 이루어진다고 일찍이 가르쳐 주었습니다. 안연이 스승에게 인(仁)에 대하여 묻자 "자기의 사사로운 욕심을 이겨 그 언행이 禮에 합치하면 그것이 곧 仁이다. 하루라도 그렇게 한다면 온 세상이 인을 따르게 된다. 인을 실천하는 것은 자기에게 달린 것이지, 다른 사람에게 달린 것이 아니니다."라고 답하였습니다.

공자는 예악(禮樂)을 중시하였습니다.

"너희들은 어찌 시를 배우지 아니하느냐? 시는 감흥을 일으킬 수 있고(興), 올바로 볼 수 있게 하며(觀), 남들과 잘 어울릴 수 있게 하고(群), 잘못을 원망하게 할 수 있게 한다(怨). 가까이는 아비를 섬기며, 멀리는 임금을 섬길 것이고, 새, 짐승, 초목의 이름을 많이 알게 될 것이다." (논어- 陽貨, 子曰, 小子 何莫學夫詩, 詩可以興, 可以觀, 可以群, 可以怨, 邇之事父, 遠之事君, 多識漁鳥獸草木之名)

악(樂)은 시(詩)·가(歌)·무(舞)가 결합된 것으로서 악은 좁은 의미에서는 음악을 뜻하겠지만 시, 노래, 무용을 총칭하는 예술을 의미함일 겁니다.

"사람이 어질지 못하면 예는 어찌할 것이며, 사람이 어질지 못하면 악은 무엇 할 것이냐?"(人而不仁 如禮何 如樂何)라고 공자는 말했습니다. 어진 마음을 지닐 때 좋은 글을 쓸 수 있다 함입니다.

5) 따뜻한 인정(人情)을

인(仁)은 두 사람(二人)을 상징하는 것이라고 합니다. 순수하거나 어진 사람을 만났을 때 두 사람사이에서 일어나는 게 정입니다. 인은 아무 곳에서 일어나지 않으며, 사람과 사람간에 느끼게 되는 따뜻한 인정(人情)입니다.

즉 사람과 사람이 느끼게 되는 정이 바로 인(仁)이라고 저는 배워 왔습니다. 사람의 마음을 석가는 자비(慈悲), 예수는 사랑(愛), 공자는 어진 베풂음(仁)을, 맹자는 불쌍한 마음(惻隱之心)으로 표현하였습니다.

작품 속에는 정이 흘러야 합니다. 좋은 작품을 쓰기 위해서는 무엇보다도 사람다운 사색을 잊어서는 안 됩니다. 그러므로 그 마음은 어디까지나 성현들의 가르침인 사람다운 사랑(仁, 情)을 바탕에 두어야 할 것입니다.

인간에 있어서 마음깊이 인과 정을 담고 살아가는 글을 쓰게 되면 정감이 묻어나게 됩니다. 이런 마음 자세를 항상 삶의 바탕에 두어야 좋은 수필작품을 쓸 수 있습니다. 종교도 원래는 착한 마음을 갖기 위한 기도이고, 선하게 살아가기 위한 마음을 비우는 수양일 것입니다.

모든 예술도 결국은 자신의 아름다운 마음을 담아내는 선단(善端)의 미를 표현하고자 함입니다.

2. 나의 수필 지도 방법

저는 20여 년 동안 수필 강의를 하고 있습니다.

남들처럼 전공도 아니고, 유명한 교수도 아니기 때문에 조금은 자신이 없습니다. 그러나 다만 좋은 글을 쓰게끔 방향을 잡아주고, 그 길을 열어주려는 열정은 누구보다도 불타고 있습니다.

저의 수필 작법은 다른 작가 분들이 지도를 하고, 수필을 쓰고 있는 방법과 크게 다르지 않을 것으로 생각합니다. 어떻게 지도를 해야 수필문학을 쉽게 이해하고, 좋은 글을 쓸 수 있게 가르치나 고민 끝에 제 경험을 솔직하게 말씀드립니다.

대학에서 자신이 공부하고, 연구도 하며, 학생을 지도하고 가르쳐온 전공교수법의 경험을 문학학습방법으로 바꾸어 활용해 보고자 합니다. 그렇다고 어떤 전공적인 깊이 있는 이야기가 아닌, 우리생활에서 늘 접하는 나무를 상대로 연결하여 말씀 드리려고 합니다. 저는 마침 산림과학을 전공하였습니다.

대학에서 학생들과 수업을 하다보면, 공부를 잘 하는 학생은 이런 점이 달랐었습니다.

- 늘 꾸준하게 노트정리를 잘 하고,
- 이론을 통해 실습을 착실히 체험하고,
- 시험을 볼 때는 요점을 이끌어 내어 서술적 개조식으로 답안지

를 정리하였습니다.

즉 실험실습(체험)을 바르게 한 학생이 시험성적도 우수하였습니다.

너무 쉽게 얻으려함은 오래 가질 않습니다. 그리고 발전할 수도 없습니다.

대학에서 학생들의 공부는, 이론과 실습(체험)을 병행함에서 어느 한 가지라도 소홀히 하면 성적이 뒤떨어집니다. 수필쓰기 공부도 이와 똑 같습니다.

글 쓰는 작업도 이론을 충분히 알고, 글을 쓰는 사람과 이론을 잘 모르고 글을 쓰는 사람과는 차이가 있다고 생각합니다.

이론을 충분히 알아두면 자신이 알고 있는 지식과 경험을 토대로 한, 인생철학과 사색을 담아 놓을 수 있습니다.

저 역시 수업을 할 적에는 학생들이 어떻게 하면 내용을 쉽게 이해하고, 오래 기억에 남을 수 있게 할 수 있을까 고심을 하며 지도를 합니다.

저의 글쓰기 작업도, 소재를 얻게 되면 이런 방법으로 글을 쓸려고 노력합니다.

1) 조림학(造林學)

제가 학교에서 가르친 전공과목은 조림학, 조경학이었습니다.

조림학은 나무를 기르는 전반적인 방법을 익히는 과목입니다. 종자를 파종하여 묘목을 길러 산에다 심고, 가꾸어 목재를 만들어서 베어 내는 기술까지 알게 하는 학습과목입니다.

이에 따른 조림학실습은 가을에 임목종자를 따 보관하여 두었다가, 이듬해 봄이 오면 밭을 갈고, 묘판을 잘 만들어 그곳에다 씨를 뿌리고 기르는 기초실습입니다.

강의실에서 이론을 공부하고, 실습시간에는 묘포장에서 씨앗을 뿌리기도 하고, 지난해 자란 새싹들인 어린 묘목을 관리를 합니다. 이들을 정성들여 관찰하며, 잘 자라도록 가꾸는 실습을 합니다.

이렇게 키운 묘목을 산에다 옮겨 심고, 큰 나무가 될 때까지 관리하는 이론과 실습을 병행하는 과정을 거칩니다.

4년간 배운 여러 과목의 지식을 엮어서 연구 제목을 만들어, 1년간 연구를 통한 논문 1편을 써서 발표를 하게 합니다. 논문이 합격돼야 졸업시험대신 통과하게 되는 겁니다. 논문을 쓰지 않는 학생은 지정된 6개 전공과목을 공부하여 시험을 보게 됩니다. 논문도, 시험도 성실하게 노력한 학생은 한 번에 합격을 하지만, 성실하지 않은 학생은 2~3회를 발표나 시험을 치르느라 열성껏 최선을 다합니다. 대학에서 배운 전공 과목은 사회생활에서 이를 직접 활용 및 응용하게 됩니다.

어떤 학문이든 익힌 것을 사회에 나가서 활용함은 모두 같습니다. 무엇이던 자신이 배운 새로운 지식을 글을 쓸 때, 응용(접목)을 시켜보십시오.

수필공부도 땅에다 씨를 뿌려 싹을 틔워 나무를 기르는 방법과 같습니다. 한 편의 논문을 쓰듯 그렇게 노력하는 겁니다.

수필작가가 되는 것도 이와 똑 같습니다. 집에서 어떤 일을 하는 거나 직장에서 학교에서 공부하는 방법이나 다르지 않습니다. 수필

작품을 쓰는 방법은 화분에다 식물을 심고 정성껏 가꾸는 일입니다.(밥을 짓는 마음이나 글을 쓰는 마음은 똑같습니다.)

자신이 제일 잘 알고 있고, 경험한 내용을 우선 이끌어 내어 노트에 옮겨보십시오.

2) 조경학(造景學)

조경학 과목도 이론과 설계로 되어 있습니다. 이론을 통하여 설계도를 작성하는 실기입니다. 실기에 능하려면 우선 미적인 이론을 먼저 익혀야 합니다. 이론을 병행하면서 가정정원, 옥상정원, 공공정원, 역사공원, 묘지공원, 연못정원 등 설계실습을 익힙니다. 이때 정원을 아름답게 꾸미려면 키가 작은 나무와 키가 큰 나무는 어떤 수종들이 있는지, 종류를 알아야 합니다. 즉 나무에 대한 생태적 습성을 말입니다.

양지나 그늘에서도 잘 견디며 자랄 수 있는 나무는 어떤 수종이고, 늘 푸른 수종으로 양수와 음수를 알고 있어야 합니다.

꽃이 피면 꽃의 색깔과 향기가 있는지 없는지, 가을이면 단풍이 아름다운 수종은 어떤 나무인가도 알아야 합니다. 열매가 아름다운 수종으로는 어떤 나무가 있는지, 수목의 생태적 특성을 알아두어야 자신 있게 멋진 설계를 할 수 있게 됩니다.

또한 정원에 심을 아름다운나무는 생태학적으로 난대, 온대, 한대 수종으로 구분하여 지역 환경에 맞게 선택을 해야 합니다. 경관을 조성하려면 다양한 수종을 이용하여 사계절이 아름답게 꽃필 수 있게, 구상하는 설계가 필요합니다.

미적인 정원을 꾸미려면 우선 각 수종의 특징을 잘 알아야 아름답게 꾸밀 수 있습니다. 아무런 지식도 없이 마구잡이로 아무 나무나 심는 일은 배우지 않아도 누구나 할 수 있는 일입니다. 이런 공원은 조성하여도 아름다움을 느끼지 못합니다. 설계를 할 적에도 남다른 독특한 아이디어가 있어야 합니다.

이처럼 수필도 설계를 하듯이 충분한 경험과 지식으로 써야 합니다. 한 문장을 쓸 적에도 적합한 단어로 표현과 묘사가 잘 되어 있는지, 문단 나누기의 연결이 잘 이뤄졌는지, 어색하지는 않는지 살펴야 합니다.

좋은 수필을 쓸려면 조림학, 조경학 이론과 실습 과정을 공부하는 것처럼 유사합니다. 즉 자신의 지식과 경험을 숙달시킨 내용을 써 보십시오.

* 쓰고 싶은 글 (소재)

- 열 줄만 써 보셔요. (노트에 적다보면 한 장도 모자랄 겁니다.)
- 말하듯 쓰셔요. 편지글처럼 쓰셔요.
- 다 쓰셨으면 소리를 내서 읽으셔요. (열 번 스무 번 읽으셔요.)
- 잘못 표현이 되었거나 부족한 부분을 수정하고 빠진 내용을 삽입하셔요. (몇 번이고 작품 수정을 하세요.)

소재 (땅- 밭을 갈고, 묘판을 만들고)
주제 (종자= 씨앗을 뿌린 후 꽃을 피우게 한 노력의 과정)
맺음 (식물의 삶- 결실의 핵심이 되는 나의 느낌으로)

3. 수필이란

무형식이며 자유롭게 쓰여 지는 글입니다. 처음에는 웃으며 쓰지만 나중에는 울면서 쓰는 글입니다. 그 이유는 좋은 작품을 낳기 위해서는 그렇게 어렵다는 뜻입니다. 예술이란 수필만이 아니라 모두가 그렇습니다.

수필은 작가의 나름대로 자신만의 독특한 면모를 드러내는 소재나 주제상의 특징, 문장 표현상의 특색, 사물을 바라보고 느끼는 안목과 감각 등을 표현한 글입니다. 수필 작품은 문체 또는 표현상의 개성이 있습니다. 사물을 바라보는 시각적 관찰이나 사물을 해석하고 의미를 나타내는 표현이 섬세합니다.

수필의 특성은 작가의 개성이 잘 드러나 있습니다. 작가의 인생관이 담겨져 있으면서 형식이 자유로우며, 경험과 지식이나 사색이 바탕에 담겨져 있습니다. 작가의 체험이나 감성이 진솔하고 솔직하게 드러나 있으며, 깊이 있는 사색과 삶에 대한 통찰의 인식이 깊은 의미를 들려줍니다.

수필의 표현방법을 보면 대체적으로 대상에 대한 체험적인 사실이야기나 사물의 관찰, 지식 등을 알기 쉽게 전달합니다. 여기에다 어떤 대상에서 오감(五感)으로 얻은 감각적인 느낌을 묘사하고 있습니다.

작가의 개성에 따라서는 기행문, 웃음을 선사하는 해학(諧謔)의 글, 사회의 옳지 않는 부분을 풍자(諷刺)하는 글을 쓰기도 합니다.

1) 수필이란

수필은 아주 쉬우면서도 어려운 글이라고나 할까. 무엇이든 자기가 아는 만큼 보인다고 합니다. 수필도 역시 자신이 알고 있는만큼 쓰게 되고, 느끼게 마련입니다. 이런 점에서 수필이란 어떤 글인가를 생각해 보았습니다.

〈수필이란?〉

· 자신이 살아온 삶의 이야기다.

· 눈으로 본 이야기다.

· 들은 이야기다.

· 느낀 이야기다.

· 생각한 이야기다.

· 경험한 이야기다.

이러한 이야기를 조리 있게 문장으로 옮겨 놓은 게 수필이다.

그럼 어떤 경험 이야기란 말인가?

남들이 체험해 보지 못한 자기 자신만의 경험으로 제일 잘 알고, 학문으로 배우고 익히고, 사색으로 부터 표현되는 이야기다.

돌을 쪼아 하나의 조각품을 만들어 가듯이 경험과, 깊은 생각을 문장으로 써놓은 글이다.

〈수필을 처음 쓰는 사람은〉

· 가장 기쁘던 일, 가장 슬프던 일, 가장 어렵던 일, 어려서 부모님이 없이 살아온 이야기.

· 부모님이 돌아가신 이야기. 자식을 잃은 이야기. 가난하게 살아온 이야기. 병마와 싸운 경험 이야기.

·사업에 실패한 이야기/ 사업에 성공한 이야기. 죽고 싶었던 경험 이야기. 첫사랑에 실연당한 이야기,

· 눈으로 본 이야기. 고민한 이야기. 깊게 생각한 이야기. 여행간 이야기 등

· 자신이 경험한 이야기들을 한 가지 씩 제목을 붙여 놓고 생각나는 대로 써 본다.

· 지난날의 일기장을 펼쳐 읽어 보듯이 제목을 붙여 노트에 꼼꼼히 적어간다.

다음은 초보자가 수필을 쓰는 방법이다.

좋은 글이 되게 하려면 글 속에는 생각, 정감, 감성, 지혜, 해학, 지식, 사유, 철학을 담아내야 한다.

이런 내용들이 포함되지 못하면 깊이가 없고, 재미가 없는 수필이 되고 만다.

(1) 수필은 일기장이다.

수필은 초등학교 때 추억이다.

수필은 중학교 때 추억이다.

수필은 고등학교 때 추억이다.

수필은 대학교 때 추억이다.

수필은 사회생활의 추억이다.

수필은 인생의 추억이다.

(2) 수필이란 어떤 글인가.

자기가 살아온 경험의 이야기다.

머릿속에서 잊혀 지지가 않는 이야기다.

눈으로 보고, 들은 이야기다.

오감五感으로 느끼는 이야기다.

(3) 수필은 자서전이다.

수필은 나의 눈물이다.

수필은 삶의 이야기다.

수필은 나의 이력서다.

수필은 나의 인생사다.

(4) 수필은 눈으로 바라본 사물이다.

수필은 그림이다

수필은 사진이다

수필은 노래이다.

수필은 조각이다.

수필은 연극이다

(5) 수필은 생명이다.

수필은 씨앗이다.
수필은 새싹이다.
수필은 꽃이다.
수필은 열매이다.

(6) 수필은 말하는 나무다.
수필은 가지를 쳐준 나무다.
수필은 주지를 세운 나무다.
수필은 재목이 된 나무다.
수필은 의미 있는 나무다.

(7) 수필은 오감五感의 글이다.
시각視覺으로 쓴 글이다.
청각聽覺으로 쓴 글이다.
후각嗅覺으로 쓴 글이다.
미각味覺으로 쓴 글이다.
촉각觸覺으로 쓴 글이다.

(8) 수필은 철학이다.
수필은 사색이다.
수필은 사유이다.
수필은 지혜이다.
수필은 인생관이다.

(9) 수필은 국문학이다.

수필은 언어이다.

수필은 표현이다.

수필은 묘사이다.

수필은 문장이다.

(10) 수필은 인문학이다.

문학이다.

철학이다.

고고학이다.

역사학이다.

사회학이다.

경제학이다.

예술학이다.

(11) 수필은 자연과학이다.

생물학이다.

토양학이다.

생태학이다.

수목학이다.

조림학이다.

동물학이다.

곤충학이다.

어류학이다.

병리학이다.
조경학이다.

(12) 수필은 사랑이다.
수필은 그리움이다.
수필은 아름다움이다.
수필은 짝사랑이다.

(13) 수필은 사단四端이다.
수필은 인仁이다
수필은 의義이다
수필은 예禮이다.
수필은 지智이다.

(14) 수필은 칠정七情이다.
수필은 희喜이다.
수필은 노怒이다.
수필은 애哀이다.
수필은 구懼이다.
수필은 애愛이다.
수필은 오惡이다.
수필은 욕欲이다.

(15)수필은 대학이다.

인문대학이다.

사회과학대학이다.

자연대학이다.

경영대학이다.

공과대학이다

농업환경대학이다.

법과대학이다.

사범대학이다.

생활과학대학이다.

수의과 대학이다.

의과대학이다.

약학대학이다.

예술대학이다.

수필이란 각 대학 분야의 학과 전공과목에서 성실하게 학습한 지식을 바탕에 둔 글이다. 전공을 인생의 삶으로 연계하여 경험과 지혜로움의 사유를 엮어낸 글이 수필이다.

문학, 그림, 도예, 사진, 음악, 무용, 건축, 기능 등의 결과 물은 예술이며 수필이다.

예술은 인생의 삶을 아름답게 만든다.

수필은 모두가 자신의 꾸준한 노력으로 이뤄진다.

(16) 수필은 어떻게 쓸까?

쉽게 써야 한다.

진솔하게 써야 한다.
재밌게 써야 한다.
정감 있게 써야 한다.

(17) 수필은 편안한 글이 좋다.

수필은 유식한 척 쓰지 않게 쓰는 게 좋다.
수필은 지나치게 자랑하지 않게 쓰는 게 좋다 .
수필은 어려운 문장이 되게 쓰지 않는 게 좋다.

(18) 수필은 문장의 뜻이 잘 통해야 한다.

수필은 지나치게 자랑하거나, 어렵게 쓰면 다른 사람이 읽지 않는다. 수필을 쓸려면 끝없는 노력과 끈기로 자기와의 싸움에서 이겨야 한다. 억지로 꾸미지 않은 자연스러운 문장으로 물흐르듯 편안해야 한다.

2) 수필 쓰기

1. 내용을 쉽고, 평범하게 써야 한다.
2. 주제는 재미있고, 情이 묻어나게 써야 한다.
3. 오감五感을 통한 사색, 체험을 담은 문장의 표현이 감동을 준다.
4. 소재에 따라 해학諧謔, 지각知覺, 지혜를 담은 문장이 좋다.
5. 사물을 관찰하되 격물치지格物致知를 담은 문장이 좋다.
6. 지나치게 어려운 문장은 독자를 잃는다.

* 문학은 장인정신이 있어야 좋은 글을 쓰게 된다.

4. 수필문학 방향의 대화

이 글은 수필문학의 문제점과 '수필문학의 문제점과 재정립을 위한 방향제시'를 위해 수필시대의 문학지에 발표(김홍은)했던 내용입니다. 수필을 공부하면서 우리들이 함께 고민해야 하는 점이라 생각하여 이번 시간에는 이 글을 읽어 보기 바랍니다.

그동안 우리 수필작가들은 수필문학의 정립을 위해 20여 년 동안 어떻게 하면 좋은 작품을 쓸 수있을까하고 노력하여 왔다. 이로 인하여 많은 결과를 얻어 수필에 대한 뿌리를 튼튼히 구축하게 되었음은 다행한 일이다.

수필문학이 우리의 삶에 미치는 영향에 대해서는 넓게 두 가지로 설명할 수 있다고 생각한다. 하나는 일반적으로 작품을 통한 자신의 삶을 뒤돌아보게 함은 물론이고, 교훈과 지혜를 얻어 깨우침을 얻게 되는 일이다. 또 한 가지는 글을 읽음으로 희, 노, 애, 락을 느끼게 됨으로 인생의 삶에 대한 의미를 깨닫게 한다.

1) 수필문학이 삶에 미치는 영향

수필은 인생이 무엇이며 어떻게 살아야 하는지를 가르쳐 주고 배우게 된다. 이렇듯 수필문학은 진솔한 인생관을 포함한 달관된 통찰력으로 담아낸 삶을 그려낸 경험적 사고의 철학이다.

수필은 허구를 들어내는 소설이나 영감을 들어내는 언어로 신비를 함축하는 시도 아니다. 우리의 아름다운 자연과 인생의 삶에서 미를 찾아내고 예술적 미를 그려내는 인간학이나 다름이 없다. 그럼으로 수필은 어느 문학 장르보다도 어렵다고 할 수 있다.

이에 수필의 문제점을 따지기보다는 어떻게 하면 우리의 수필문학의 위상을 높여 놓을 수 있을까에 대하여 아래와 같이 제언을 하고자 한다.

2) 수필문학과의 대화

(1) 수필이론 정립의 필요성

수필문학에 대한 이론을 중등학교 교과서를 검토하여 미흡한 부분은 수정함이 요구된다. 그동안은 일반적으로 수필은 아무나 쓸 수 있는 글이란 잘못된 이해와 인식이 심어져 왔고, '붓 가는 대로' 쓰는 글이며 무형식이므로 '본대로 들은 대로 적어낸 글' 또는 그냥 생각나는 대로 '쓴 글' 이라고 알고 있다. 그렇다고 수필은 '아무나 쓸 수 없는 글이다'라고 하여, 마치 특정한 사람들만이 쓰는 게 수필이라고 무조건 가르칠 수는 없다.

우선 문학적으로도 수필의 역사가 짧은 듯이 생각하고 있는 경향이 많고, 그 역사도 많이 알려져 있지 않다. 외국의 수필역사도 중요하지만 우리 선조들의 수필문학에 대하여 고찰하여 정의해 둠이 더 중요하다고 본다. 수필은 쓰기가 어렵기 때문에 선조 때부터 수필을 쓴 사람이 많지 않았고, 국문학적으로도 수필 연구에 관심이 적었던 것에 그 이유가 되기도 한 것으로 생각된다.

김광섭의 「수필문학 소고」에서 다른 문학보다 더 '개성적이고 심경

적이며 경험적이다.' 라는 의미와 피천득의 '수필' 에서처럼 '수필(隨筆)은 청자연적(靑瓷硯滴)이다. 수필은 난(蘭)이요, 학(鶴)이요, 청초(淸楚)하고 몸맵시 날렵한 여인(女人)이다. 수필은 그 여인이 걸어가는, 숲 속으로 난 평탄(平坦)하고 고요한 길이다. 수필은 가로수 늘어진 포도(鋪道)가 될 수도 있다. 그러나 그 길은 깨끗하고 사람이 적게 다니는 주택가(住宅街)에 있다'라고쯤은 알려주어야 한다.

수필이 무형식적인 글이라면 조연현의 「수필의 정의와 범위」에서처럼, '수필에는 서정시적 정서나 감흥은 물론, 서사시(소설) 구성이나 희곡적 대화 그리고 비평적 판단작용까지도 다 자유로이 이용할 수 있는 양식이다. 그렇다고 수필이 무양식적 무성격적인 것은 아니다. 서정시적 정서나 감흥을 가지면서 서정시가 아니고, 소설의 구성을 가지되 소설이 아니고 희곡적 비평적 요소를 가지면서도 희곡도 비평도 아닌데 수필의 독자적인 양식이 있다' 라고 쯤은 교과서에 정립되어져야 한다.

이로써 중등학교 국어를 배웠다면, 누구나 수필문학은 우리 생활의 묵향을 담고 있는 송향주를 담아둔 청자요, 그윽한 묵향을 내고 있는 연적이며, 고고하면서도 은은한 향기를 날리는 난이며, 푸른 하늘을 나는 천년을 산다는 학의 기상을 담고 있는 문학임을 심어주어야 할 것이다.

(2) 신인 등단에 있어서의 문학지의 책임성

70년대 정도만 해도 문학지가 그리 많지 않았다. 발표지면도 적을 뿐만 아니라 수필작가도 얼마 되지가 않았다. 그렇기 때문에 수필가의 작품을 발견하여 읽기가 어려웠다. 수필을 어떻게 쓴 작품이 좋은 작품이며, 어떻게 써야 하는지도 잘 몰랐다. 작품의 질은 고사하고, 작품의 편수도 문학지의 양념 식으로 작가이건 아니건 사회에 저명 인사, 혹은 각 분야에서 종사하는 분들의 글을 5편 내외 정도가 실려 있었다.

수필은 이렇게 발전하면서 문학 지망생들로는 현대문학, 월간문학이 물고를 트고 있었던 것으로 기억된다. 그러나 수필문학은 불과 30여 년 동안 급성장을 하게 이르렀다. 2000년대 이후의 문학지로 쉽게 등단할 수 있는 잡지만 해도 줄잡아 20여개가 넘는다. 이는 수필문학의 양적 질적 양산으로 장점이 될 수도 있다. 그러나 문제는 이런 양산 속에서 문학지가 상업성?을 띄고 있음을 지적하지 않을 수 없다.

수필이라고 한두 편을 쓰고서도 작품만 문학지에 보내면 등단이 되고, 인터넷에 글을 올려놓으면 귀신같이 채가서 수필가로 등단을 시킨다. 그러다 보니 주변에 글을 쓴다라고 하면 너도 나다 수필가다. 이는 문학지도 문제이지만 무엇보다도, 본인의 최소한 작가적 문학 소양이라고 하겠다. 그러나 이를 막을 수 있는 최소한의 길은 등용문에 있으며, 이를 열어주는 문학지에 그 책임이 있다고 생각한다.

(3) 책임성 있는 문학지도

이제는 문학지도 산업이 되어 작가를 배출하는 문학공장으로 변해 버렸다. 80년대 이후로 전국의 각 사립대학의 평생교육원이 설립되면서, 90년대 중반이후에는 각국 공립대학까지 편승하여 사회교육원, 평생교육원 제도를 받아들여 평생교육 이념아래 사회문화예술을 발전시키고 있다. 현대사회는 평생 교육이 시대적으로 강력히 요구

되고 있어, 누구나 평생 교육을 받아 삶의 질을 높여나가고 있다.

이를 위해 선도 역할을 할 수 있는 지적 능력과 정서적 소양을 갖춘 인간화, 전문화, 정보화, 국제화를 평생교육원의 목표로 삼고 그 성취에 힘쓰며, 대학의 교육시설, 설비, 정보, 자료 및 교육 프로그램을 학교뿐만 아니라 문호를 개방하고 널리 지역 사회에 펼침으로써 전문 교육기관인 대학이 보유한 지식과 정보를 지역 사회와 공유할 수 있도록 하고 있다. 그리고 지역민들의 자질과 능력을 향상시켜 삶의 질을 높이고 아울러 사회와 국가 발전에 기여할 수 있도록 하는 것이 본 평생교육원의 설립 취지다.

이에 수필과강좌도 각 대학 평생교육원에 개설이 되어 작가를 양산하고 있다. 그러나 이는 지도교수의 책임하에 일정한 교육과정을 거쳐, 어느 정도 수필가로 성장할 수 있겠다는 인정이 되었을 때 본인이 택하는 문학지로 추천을 한다. 그러나 개중에는 수업도중에 작품이 성숙되기도 전에 본인 마음대로 아무문학지나 개별적으로 등단을 서둘러 하는 사람도 없지 않다.

문학을 지도하는 교수의 지도력 여하에 따라 평생교육원 강좌도 학기마다 개설이 되기도 하고, 때로는 폐강도 되고 있다. 어찌 보면 수필인구 저변확대를 위해서는 늘 개설이 되는 것이 바람직하겠다. 그러나 인기를 과시하려 과열현상을 빚어 때로는 마구잡이로 지나친 등단의 길을 열어주는 지도교수로 전락될까 하는 염려도 없지 않다. 반면 주변에는 문학이 무엇인지도 모르고 그저 마구잡이로 등단의 길을 열고, 그 길을 가는 사람들이 있어 문제가 되기도 한다.

(4) 원고료 받는 작가적 풍토 조성

예술은 최소한 10년이 기초라고 한다. 10여 년간 갈고 닦은 하나의 기술이다. 우리가 글을 한 편 쓰기 위해서는 적어도 교육과정에다 인생체험, 사물을 바라보는 통찰력, 인생철학 등 격물치지(格物致知)에 이르기까지는 많은 고행이 따르고 있다. 이는 작가의 인간적 예술그릇이기도 하다. 그러나 문학은 사회로부터 큰 대접을 받지를 못한다. 예를 들어 그림은 1장도 비싼 값에 팔려간다. 최근에 와서는 사진도 수십 만원에서 수백 만원에 팔린다. 그런데 문학작품은 원고료를 제아무리 비싸게 받아봤자 10~30만원에 불과하다. 언제부터 어떻게 누가 원고료를 책정하게 된 것인지는 모르지만 어차피 원고료를 받지 못할 바에는 더 올려놓아야 할 것이다. 한 편의 수필 원고를 쓰기 위해서는 적어도 평균 잡아 10일 이상의 시간이 걸린다. 이를 보더라도 노동력으로 계산을 친다 해도 50만 원 이상은 받아야 한다.

수필의 작품성을 높이고, 작가의 위상을 높이기 위해서는 문학인 모두가 각성이 요구된다.

작가라면 적어도 원고료를 받아야 함이 마땅하다. 꼭 돈을 받고자 글을 쓰는 것은 아니겠지만 작가의 위상을 높이기 위한 사회적 인식을 바꾸어 놓고자 함이 요구된다. 문인은 원고료를 주지 않으면 글을 쓰지 않는다는 작가적 정신을 세워야 한다.

(5) 수필 낭송(독)대회 활성화

문학은 처음부터가 시와 노래다. 이제는 문학도 2000년대부터는 작품낭송시대에 접어들었다. 시낭송은 오래전부터 하고 있지만, 수필은 낭독시간이 길다는 이유로 아직 널리 받아들여지지 않고 있다. 그러나 시낭송은 시청자들에게 감동을 줄 수는 있어도, 마음을 울리지는 못한다. 그러나 수필 낭송(독)은 감동을 주며 사람의 마음까지도 울릴 수 있다. 전국적으로 수필낭송문학의 시간을 마련하여 이를 확산시켜 수필문학의 묘미를 통하여 위상을 높여놓는 대회를 갖게 한다. 각 지역별로 수필문학회를 통하여 수필낭송경연대회로 새로운 이미지를 부각시켜 활성화를 시킨다.

(6) 수필문학발전을 위한 공통주제 세미나

80년대부터 한국수필가협회를 비롯하여 수필문학지가 등재되면서 각 잡지를 중심 대상으로 한, 수필문학단체가 발생되었고 이 단체들은 수필세미나를 가져오게 됨으로 수필문학에 대한 정립을 많이 세워주었다. 그러나 수필세미나를 통하여 미래지향적인 공통주제가 없이 단체별의 주제발표에 의존되지 않았나 하는 감이 든다.

이제는 보다 한국적 수필가의 위상을 높이고, 문단의 뿌리를 튼튼히 내릴 수 있는 방안이 요구된다. 이를 위해서는 우리들의 목적을 달성하는 어느 한 기간 동안까지는 각 단체들은 공동으로 구상해야 한다. 문제제시와 국제화시대에 앞서가는 수필세계를 이룩하는 수필문학의 공통테마로 이끄는 한 목소리가 되는 주제가 필요하다.

(7) 수필문단원로의 단합회의 요구

수필의 종류는 8종 또는 10종으로 분류하고 있지 않는가. 수필분야는 다른 장르와는 다르게 수필문학 내에서도 여러 갈래로 누눌 수 있다고 생각되어진다. 이러다 보니 작품소재에 따라서도 조금씩은 작품의 성격이나 품격이 다르고, 무형식의 작품이라고 하는 점에서, 붓 가는 대로 쓰는 게 수필이다. 라고 하다 보니 너도나도 수필가가 아닌 사람이 없다. 거기다가 예술인들은 각양각색이고 가난하다기보다는 경제력이 있는 문인들이 많다. 이런 점에서도 수필문학이 위상이서고, 자리를 잡아 문학으로서 우뚝 서려면 원로 수필가들과, 수필문학지단체장의 모임이 이루어져 작가적 정리정돈이 요구된다. 한마디로 말하면 수필가는 너무도 훌륭한 분들이 많다. 그러다 보니 뭉쳐지지가 않고 모두가 잘난 사람 뿐이다. 문학의 후배들을 위해서도 원로수필가들은 이대로 두고만 바라볼 수가 없다고 생각한다. 물론 생존경쟁으로 볼 때, 좋은 작품을 쓰는 작가는 작품으로서 살아남고, 작품이 독자들에게 인정을 받지 못하면 스스로가 좌절되고 만다는 것은 누구나가 아는 사실이다. 수필문학지 역시 마찬가지다. 좋은 작품을 실어 좋은 잡지로 독자들에게 인정을 받으면 오래 남게 되고, 그렇지 않으면 자연 도태되고 말 것이다. 그러나 수필 문학예술을 발전을 위해서는 이대로 바라봐서는 아니 된다. 타 예술분야에서는 점수 제도를 도입하여 이로서 작가로 인정을 하고 있지 않는가. 수필도 이와 같은 제도가 도입되어야 할 것으로 제안한다.

(8) 수필시대의 작가 재정립

오늘날의 수필문학이 붐이 일기 시작한 역사는 그리 길지가 않다. 80년대를 넘어서면서 90연대를 전후하여 수필장르는 새로운 시대를 맞이하였다고 하여도 과언은 아니다. 영상매체가 나오면서 '문학은 죽었다' 라고까지 서적 판매에 영향을 끼쳤다. 그러나 수필만은 예외다. 독자가 되었건 작가가 되었건 마구 쏟아져 나오게 책을 만들고 읽는 건 수필집이다. 군사독재로 억압된 마음이 열리고 글도 마음대로 쓸 수 있게 되고, 자유 민주주의에 대한 거대한 열망과 정치·사회적인 삶의 모든 영역에서 정신적인 평화로운 전환점을 이루게 된 것은 문학이다. 이로써 마구잡이로 쏟아져 나오는 게 작품집이다. 이 중에서도 개인 수필집이 성행을 이루고 있으나 이를 누구도 막을 수는 없다. 어찌 보면 좋은 현상이라고 긍정적으로 받아들여 질 수도 있지만 자칫하면 수필문학의 수준을 땅에 떨어뜨리는 결과를 가져오게도 만드는 일이다.

그럼으로 독자들을 위해서 이를 걸러주는 방법이 필요하다. 이에 그해 일 년 동안에 발표된 모든 수필작품 중에서 우수한 글을 뽑아서 문학지를 통하여 재발표토록 하여 준다. 또한 이를 수상하여 수필가협회로써 인정받는 점수 제도를 만들어 일정한 점수에 도달함으로 수필가로 인정을 받도록 하고, 진정한 수필작품을 작가나 독자들이 읽도록 함이 요구 된다.

(9) 청소년을 위한 수필문학세미나 개최

이제까지는 각수필문학지에서 수필동호인, 수필가들만이 세미나를 가져왔다. 그러나 수필문학도 어린 새싹이 필요하다. 각 문학지에서는 청소년들의 작품을 발표할 수 있는 투고란을 열어주고, 청소년들을 위한 수필문학 행사를 이끌어주는 여건을 조성하여 주는 단체를 확대해 나감이 필요하다.

예를 들면 청소년들을 위한 전국 산문백일장을 열어주고, 산문 낭송대회, 세미나 등을 통하여 수필 시대의 홍보의 물결을 탐으로 청소년 시절부터 산문 정신을 깊이 뿌리내리도록 하여준다. 각 수필문학 단체별로의 협조체제를 마련하여 수필문학 단체 또는 후원업체를 선정하여 매년 정기적으로 행사를 추진한다.

이로써 청소년이 문학과 함께 하는 다양한 문화행사로 삶의 소양을 길러 청소년이 문학활동을 이루어 나가며 한국수필문학의 정신을 살려 낼 수 있게 한다.

(10) 수필문학위상을 위한 수필가의 노력

중앙지의 신춘문예 공모를 보면 수필장르는 빠져 있다. 이를 볼 때 수필가라면 누구나 서운해 하는 부분이다. 이 문제는 수필가들의 세미나에서도 여러 차례 거론되었던 문제이다. 거의 20여년의 세월이 흘렀어도 우리의 숙원을 이루어 놓지를 못했다. 그나마 세계일보, 경제신문이 있고, 지방지로서 동양일보, 전북일보, 전남일보, 부산일보, 경남신문 등이 있어 다행이다. 방송국으로는 cjb 청주방송에서 일년에 5회에 걸쳐 수필 백일장을 열어 도민들에게 문학소양을 높여주고 있다.

왜 중앙지는 수필장르를 거부하는 것일까? 수필장르를 빼놓는 언론사 측의 이유는 왜일까? 왜 우리는 한 사람도 이를 나서서 해결해 놓지를 못하고 있나. 그 이유는 무엇일까?

수필문학으로서는 홍보 측면에서도 수필문학발전을 위해서는 매우 중요한 문제 중의 하나이다. 원로 수필작가 및 수필문학단체장들은 이에 대한 과제를 협의하여 해결해 놓아야 한다.

5. 수필은 어떻게 쓰나

수필은 어떻게 써야 하는가.

글을 쓰기 전에 우선 자신을 알아야 합니다.

오늘을 살아오기까지 깊이 생각해 보시기 바랍니다. 종교적, 철학적으로 어떤 책을 통하여 답을 얻으려는 것은 아닙니다. 제가 요구하는 대로 지난날을 돌이키며, 생각하여 보시기 바랍니다.

잊혀 지지 않는 기억들을 차근차근 떠올려 잊지 않게 메모를 하여 두셔요.

1) 추억 찾기

(1) 잊혀지지 않는 일- 생각나는 대로 적어보셔요.

(2) 제목 만들기- 적어둔 내용을 그대로 두지 말고 제목을 부칩니다. (* 간단한 내용이지만 누군가에게 이야기하듯 언제, 어디서, 누가, 무엇을, 어떻게 등으로 내용에 맞게 시대별, 관계별, 활동별 등으로 세분하여 적어볼 것)

2) 가정의 추억

(자식으로서 회상 : 부모님, 친족사이를 유년기, 소년기, 청년기, 성년기 등으로)

(부모로서 회상 : 자녀에 대한 유년기, 소년기, 청년기, 성년기 등

으로)

3) 학창시절 추억

(초등학교, 중등학교 시절, 대학 시절)

4) 사회생활 추억

(이웃, 친구, 직장 등)

생각나는 모든 감동적인 내용(희, 노, 애, 락)을 나열하는 겁니다.

희(喜) -

노(怒) -

애(哀) -

락(樂) -

물론, 두 번 다시 떠올리고 싶지 않은 잊고 싶은 일들도 많았겠지요. 기뻤고, 고통스러웠고, 슬펐고, 즐거웠던 일들이 가슴속에 쌓여져 있을 겁니다. 이런 내용들이 독자를 감동시키게 될 겁니다.

나의 목표(꿈)는 무엇이었던가?

나는 지금 그 꿈을 이루었는가?

나는 지금 그 꿈을 향해 노력했는가?

나는 지금 그 꿈을 향해 다시 각오했는가?

* 생각에 머물지 말고, 기억나는 대로 노트에 그때그때 적으십시오.

일기를 쓰는 것처럼, 그렇게 써 가십시오.

이렇게 쓰다보면 글(수필, 자서전)을 쓸 때, 많은 도움이 되고 수필쓰기의 첫 걸음이 됩니다. 앞으로 소재 발굴에도 도움이 됩니다.

수필이란 바로 이런 방법으로 쓰는 것입니다.

〈문학사전 내용〉

* 수필이란

일정한 형식을 따르지 않고 인생이나 자연 또는 일상생활에서의 느낌이나 체험을 생각나는 대로 쓴 산문 형식의 글. 보통 경수필과 중수필로 나뉘는데, 작가의 개성이나 인간성이 두드러지게 나타나며 유머, 위트, 기지가 들어 있다.

* 경수필輕隨筆

생활 주변에서 일어나는 사소한 일을 소재로 가볍게 쓴 수필. 감성적·주관적·개인적·정서적 특성을 지니는 신변잡기이다.

* 중수필重隨筆

주로 무거운 내용을 담고 있는 논리적이고 객관적인 수필. 비개성적인 것으로, 비평적 수필·과학적 수필 등이 있다.

6. 수필가가 되려면

1) 자세

전국적으로 수필가로 등록되어 있는 작가만 해도 2,500여명이나 됩니다. 그 외 수필을 쓰고 공부를 하고 있는 사람만 해도 5,000~10,000 여명으로 추산하고 있습니다.

이런 속에서 유명한 작가로 살아남으려면, 제가 말씀을 드리지 않아도 잘 아시리라 밉습니다.

우리는 모두가 선의적 경쟁 속에서 좋은 글을 쓰기 위해 노력을 합니다. 작가는 좋은 글을 쓰기 위한 고민을 해야 합니다. 그렇다고 처음부터 포기해 버리면, 다른 모든 것도 역시 자신이 없을 것입니다. 경쟁 속에서 살아남기란, 꾸준한 노력만이 꿈을 이룰 수 있습니다.

고등학교 국어시간에 배운 기억이 나실 겁니다. 송나라의 문장가 구양수(區陽脩)는 글을 잘 쓸려면 삼다(三多)가 필요하다고 하였습니다. 다작(多作), 다사(多思), 다독(多讀)을 주장했습니다. 수필을 잘 쓸려면 이보다 더 좋은 공부방법이 없을 것입니다. 적어도 50~100편은 써봐야 그제서 수필의 진솔한 맛을 알게 될 것입니다. 많이 생각하고, 많은 경험과 시야를 넓히기 위한 다사다동(多思多動)의 여행을 하고, 독서를 할 때는 '나무도 보고 숲도 봄'의 박이정(博而精)으로 독서를 해야 합니다.

송나라 두보(杜甫)가 한 말로 "남자라면 다섯 수레 정도의 책을 읽어야 한다." 남아수독오기서(男兒須讀伍車書)라 하였습니다.

옛날에 공자가 주역을 즐겨 열심히 읽은 나머지 책을 맨 가죽 끈이 세 번이나 끊어졌다는 위편삼절(韋編三絶)을 기억하실 겁니다. 이만큼 열심히 책을 읽었다는 증거입니다.

예나 지금이나 독서가 지식의 그릇을 키워줍니다.

다시금 강조를 하렵니다.

2) 인생그릇 키우기

(1) 메모의 습관

책을 읽되 좋은 내용이나 문장을 꼭, 기록해 두는 습관을 갖게 되면 좋은 수필을 쓰는데 도움이 됩니다.

(2) 박이정(博而精)의 독서법

책을 읽을 적에는 여러 방면으로 폭 넓게 독서함이 도움됩니다. '숲은 보되 나무는 보지 못한다.'는 박이부정(博而不精)의 독서법을 해서는 안 됩니다.

즉, '나무도 보고 숲도 봄'인 박이정(博而精)의 독서법을 행하야 합니다.

(3) 다사다동(多思多動)

많이 생각하고, 많은 경험과 시야를 넓히기 위한 여행을 다니며 다사다동(多思多動)도 잊어서는 안 됩니다. 여행을 많이 하게 되면 시야가 넓어져 이야기꺼리가 많겠지요. 즉, 글 쓸 새로운 소재가 생기게 되죠. 이는 바로 좋은 글을 쓰기 위한 값진 밑거름이 될 것입니다.

작가가 될수록 더욱 겸손하고 사람다워야 본인이 쓴 글도, 독자들로부터 사랑을 받게 됩니다.

지금 우리 사회는 문화적 교육이나 예술적 수준이 높습니다. 이런 점으로 생각할 때 깊이 있는 지식을 바탕에 두고 독자보다는 한 단계 위에서 글을 써야 합니다. 좋은 작품을 쓰기위해서는 늘 노력해야 한다는 뜻입니다.

3) 사색(思索)

사색이란 용어는 뚜렷하게 이것이다. 라고 정의를 내릴 수는 없지만 유사한 단어로는 思考, 思惟, 思想이라고도 할 수 있겠습니다. 그러나 일반적으로는 어느 대상이나 사건 또는 그러한 것들의 측면을 지각(知覺)의 작용에 직접 의존하지 않으면서도 깊은 생각으로 헤아려 봄으로 이해하게 되기도 하고, 이에 따른 결과들을 나름대로 파악하게 되는 심리적 과정을 가리킨다고 할 수 있습니다.

문헌에 의하면 '사색(思索)이란 항상 누구나 겪는 자명한 행위로서 R.데카르트는 사고(思考)를 존재의 첫 번째 표시라고 했고, 아리스토텔레스는 새로운 타당한 판단인 추리를 이끌어내는 과정' 이라고 하였습니다. 사고의 법칙에는 삼단논법의 세 요소인 개념·판단·추리가 동시에 사고의 요소가 된다고 합니다.

논어(論語)에 보면 '배우되 사색(思索)하지 않으면 체계적 지식을 가질 수가 없고, 사색만 하고 배우지 않으면 공허할 따름이다'라고 하였습니다. 공자는 '종일토록 먹지 않고 밤새도록 잠자지 않으면서 사색하였으나 무익하였으니 배우는 것만 같지 못하다.'고 일렀습니다. 이는 학(學)과 사(思)가 병행되어야 함이니 만약 배우기만 하고 사색을 기하지 않으면 단편적인 지식만 있게 마련입니다. 그렇다고 사색만 하고 배우지 않으면 내용이 없어 공허한 것이 되고 만다고 합니다.

공자는 도(道)를 가진 사람이면 고하원근(高下遠近)을 가리지 않고 찾아가 배웠음을 알고 있습니다. 그러면서 위편삼절(韋編三絶)로써 선각자의 지(知)와 행(行)을 익히고 몸소 실천하면서 자아완성(自我完成)의 실천으로 자신의 몸과 마음을 닦아 가는 방법을 스스로 터득하며 살아갔습니다. 공자의 학문과 사색으로 그에 심상(心想)을 길러가면서 그런 속에 어떤 생각을 몰두하게 되면 반드시 한 가지로 꿰뚫어(一以貫之) 생각하였습니다. 이것이 원리를 통하여 도(道)를 깨우치게 하는 일관지도(一貫之道)로 생각하였습니다.

공자의 사상(思想)은 인(仁)입니다. 생명도 소중하지만 인(仁)을 생명보다 더 소중히 여겼습니다. 수천 년이 흘러 오늘에 이르렀어도 공자의 도(道)는 변함이 없습니다. 그 누구도 흉내를 낼 수도 없고, 따를 수 없는 공자의 학문의 도는 인(仁)입니다. 인(仁)은 공자 철학의 정수(精髓)이지만, 그가 제창하는 인(仁)의 본 의미는 '사람다움' 입니다.

朱子는 인(仁)이라는 것은 '사람이 그것에 의해 사람이 되는 바의 이치(理致)다.' 라고 하였습니다.

문학도 이와 마찬가지입니다. 작품은 바로 '그 사람이다' 라고 우리는 말합니다. 그러므로 우리가 글을 쓴다는 것은 바로 사람이 되기 위함입니다.

사람은 먼저 겸손을 바탕에 두어야 좋은 글을 쓸 수 있습니다. 불인(不仁)한 사람은 아무리 문학을 공부한다 하더라도 진정한 문장(文章)을 볼 수 없고, 오직 형식적인 절문(節文)을 지킴에만 그칠 뿐일 것입니다. 문장(文章)에는 겸손의 바탕일 뿐 아니라 인간의 모든 생활에 바탕이 되는 그 사람의 인생철학(人生哲學)이 담깁니다.

공자는 예(禮)를 직(直)으로 표현하였습니다. '直은 안으로 자기를 속이지 않고, 밖으로 남을 속이지 않는 것이다' 라고 하였습니다. 즉 자기의 심정을 본래 그대로 발로시키는 것의 이름이다. 그런데 세상 사람들은 흔히 본성(本性)을 굽혀 안으로는 자기를 속이고, 밖으로는 남을 속이며 자신의 인생을 거짓으로 일생을 살아가려 합니다. 공자는 이러한 사람을 요행에 기대어사는 삶이요. 정정당당치 못한 인생이라 하였습니다.

문학을 하는 사람이라면 정직해야 됩니다. 자신의 본성대로 마음을 닦아 늘 맑고 깨끗한 생각으로 어디를 가서 자리를 해도 정정당당한 모습으로 학문(學問)과 사상(思想)이 바르러 귀범이 되어야 할 것입니다.

마음이 바르지 못하고 질직(質直)하기만 하고, 禮로서 교화(敎化)되지 않으면 사람은 사람답지 못하다. 이런 사람은 글을 쓴다 해도 감동이 없으며 몰인정함이 배어있게 마련입니다. 그러므로 질직(質直)한 마음은 심상(心想)을 통하여 자신을 돌아보는 자세로 인의예지(仁義禮智)를 바탕에 두고 글을 써야 한다.

질직한 마음을 교화하여 닦아 나갈 때 仁이 이루어지고, 극기복례(克己復禮)할 때 정(情)이 생성되어 인이 이루어진다고 일찍이 공자는 가르쳐 주었습니다.

仁은 二人을 상징하는 것입니다. 순수하거나 어진 사람이 만났을 때 두 사람사이에서 일어나는 게 情입니다. 인은 아무 곳에서 일어나지 않으며, 사람과 사람간에 느끼게 되는 따뜻한 인정(人情)입니다. 즉 사람과 사람이 느끼게 되는 情이 바로 仁인 것입니다. 사람의 마음을 석가는 자비(慈悲), 예수는 애(愛), 공자는 인(仁)을, 맹자는 측은지심(惻隱之心)으로 표현하였습니다.

좋은 작품을 쓰기 위해서는 무엇보다도 사색(思索)을 잊어서는 아니 됩니다. 그러나 그 마음은 어디까지나 성현들의 가르침인 사람다운 사랑(仁, 情)을 바탕에 두어야 할 것입니다.

7. 좋은 수필은 어떤 글인가

1) 좋은 글이란

글을 쓰는 사람이나 수필을 읽는 독자나 감상으로 부터 느끼고 생각하는 방향은 다를 수 있습니다. 그러나 어떤 글이 좋은 글인가의 생각은 거의가 비슷합니다.

수필은 다른 문학 장르와 달라서 삶의 깊은 통찰에서 오는 사색적인 문장으로 편안하게 들려주어야 합니다. 간결하면서도 정확한 표현으로 대화하듯이 보고 느낀 자신의 깊이 있는 생각을 문장화함이 좋습니다.

문장의 표현은 독자가 공감하는 내용으로 인생의 경험이 깊이 있게 농축되어 있는 진솔한 이야기 일적에 감동을 받게 됩니다.

유식한 척하고 쓸데없는 어려운 단어나 내용을 억지로 끼어 맞추려는 문장은 오히려 작품의 진솔함과 순수성을 잃고 맙니다.

문학은 어디까지나 예술입니다.

예술은 아름다움입니다. 희노애락이 스며나는 오감을 통하여 써진 글이어야 합니다. 그 속에는 인생의 철학이 은연중에 배어나야 하며, 은근하게 지적인 의미를 담고 있어야 됩니다.

2) 감동으로 남는 글

좋은 수필이란, 읽고 나면 무엇인가 가슴에 감동으로 남아도는 의미를 전달됨이 있을 적에 그 가치와 무게를 느끼게 합니다. 이를 요약하면 다음과 같이 정리할 수 있습니다.

- 주제가 선명한 글.
- 서론 본론 결론이 확실한 글
- 자기중심적인 진실한 글
- 자기의 체험을 진솔하게 표현한 글
- 아름다운 단어로 서정성을 담은 글
- 자신만이 들려줄 수 있는 독특한 글
- 억지로 꾸밈이 없는 글
- 쉬운 단어와 문장으로 쓴 글
- 슬픔도 웃음도 들려 준 글
- 편안하고 쉽게 읽히는 글
- 감동을 주는 글
- 인생철학이 담겨져 있는 글

3) 새로운 각오

절차탁마(切磋琢磨)라 하였습니다. 옥돌을 자르고 줄로 쓸고 끌로 쪼고 갈아 빛을 내듯이, 학문과 인격을 갈고 닦아야 합니다.

모든 예술은 10년이 기초라고 합니다. 10년이란 세월은 튼튼한 토대를 이룩함입니다. 모든 예술은 기초가 잘 다져있어야 진선미를 담은 좋은 작품을 만들어 낼 수 있다고 봅니다. 대기만성(大器晩成)을 잊지 마셔요. 큰 그릇이 이루어지려면 오랜 세월이 필요하다 하였습니다.

(1) 자신과의 약속
(2) 문학 공부 시간- 하루에 1시간이상 투자하기(시간을 정해 두셔요)
(3) 잠자는 시간 줄이기- 공부시간 확보를 위해서

4) 메모 하기

글감이 되는 재료 만들기를 늘 생각하며 소재가 되겠다 싶으면 즉시 메모하는 습관을 갖읍시다. 지난날을 회상하며 기억들을 떠올려 보셔요.

(1) 잊혀지지 않는 체험- 소재 만들기
(2) 엉킨 실타래 풀기- 소재 나누기
(예: 가족- 아버지, 어머니, 할머니, 할아버지, 남편, 언니, 아들 등)
(예: 학교- 선생님, 친구, 운동회, 연필, 가방, 학교길, 도시락, 시험, 소풍 등)
(예: 추억- 편지, 여행, 바다, 산, 나무, 꽃, 눈물, 선물 등)
(3) 줄거리 메모- 소재에 따른 줄거리 정리해 두기

(4) 글쓰기의 목표

기초부터 다시 공부를 한다는 자세로 출발하셔요.

청소년 때 사랑하는 사람에게 편지를 주고받던 마음으로 그런 감성을 살려내 보셔요.

8. 소재란 무엇인가

글을 쓰기 위한 글감을 말합니다. 어떤 물건을 만들 때 이용되는 재료나 같습니다. 즉 꽃꽂이를 한다면 이에 필요한 재료로 수반, 침봉, 꽃가위, 꽃 등이라 하겠습니다.

글을 쓰기위한 소재는 사물을 통하여 보고 느끼고, 경험한 생각, 사회생활, 세상사 등 이러한 생활 속에서 일어나는 다양한 이야기꺼리라 하겠습니다.

1) 좋은 소재 찾기 방법

소재는 좋은 수필이 되게 하는데 바탕이 된다고도 할 수 있습니다. 소재에 따라 글이 재미도 있게 되고, 감동을 주기도 합니다. 이는 소재에 따라 글의 맛이 달라지기 때문입니다. 글을 쓸 적에 독자를 의식할 필요가 없다는 분도 있습니다.

그러나 저는 독자가 없는 글은 죽은 글이나 다름이 없다고 생각합니다. (* 일반적인 대중 작품을 표현함입니다. 전공이나 특수적인 소재는 문학이 되게 변화시킵니다.)

작가는 아무리 좋은 소재라 해도, 독자들이 아무런 반응이 없으면 좋은 소재로 인정하기는 어려울 것입니다.

이런 점으로 미루어 보아, 좋은 소재란 독자들이 선호하는 내용이 좋다고 하겠습니다. 그러면 독자들이 좋아하는 소재는 어떤 것일까? 서로 의견을 나누어 봅시다.

2) 의견 나누기

(1) 흥밋거리가 되는 이야기 - 그리움, 첫사랑. 슬픈 인생사
(2) 삶의 이야기(일반 사는 이야기. 돈, 사랑, 명예, 행복. 죽음 등)
(3) 교육적인 이야기.(학교생활, 배움, 친구, 추억 담, 즐거움, 잊혀지지 않는 것들)
(4) 지혜적인 이야기.(삶에서 얻은 경험, 생활 철학, 예술, 사색 등)
(5) 자연에 관한 이야기.(재미있는 모든 자연, 사물을 바라본 통찰, 경험의 철학 등)

사회적으로 볼 때 독자층은 다양합니다. 어떻게 다양한 독자들을 만족시킬 수 있을까. 이런 방향으로 소재를 나누어 독자가 스스로 좋아하는 방향을 찾아서 글을 읽지 않는가 합니다.

9. 주제란 무엇인가

글을 쓰는데 있어서는 가장 중요한 게 주제가 아닌가 생각합니다.

물론 한 편의 좋은 작품이 될려면 서두, 본론, 결론, 주제, 문장, 표현, 구성, 내용 등, 글의 요소들이 어우러져 짜임새가 있어야 합니다. 구성요소 중에 어느 하나라도 헛되지 않았을 적에 좋은 수필이 되겠습니다. 그러나 이 요소 중에서도 주제는 작품의 성패를 좌우한다고 하겠습니다.

주제란, 작가의 사상(思想)을 담은 이야기로 하고자 하는 글의 요지(要旨)로 핵심이 되겠습니다. 일전에 여러분께 수필 제목을 드렸던 〈방울토마토〉를 예로 든다면, 묘를 기르면서 경험, 생각에서 얻어낸 요점들을 정리한 핵심이 주제라고 하겠습니다.

1) 식물의 주제를 이끌어 가기

〈토마토의 묘〉가 자라면서 생각은,

(1) 생장해 나가는 일 (수 분부족, 영양부족, 모든 환경의 고통 등)

(2) 꽃을 피우는 일 (꽃이 피기까지의 고민)

(3) 수정을 하는 일 (충매의 고민)

(4) 열매를 맺는 일 (결실의 의미, 기쁨, 희망 등)

이런 내용들이 주제가 되겠습니다. 자신이 토마토 묘가 되어서 경험을 갖고, 위의 내용으로 주제를 이끌어 가 보십시오. 앞으로 다른 글을 쓸 적에도 주제를 새롭고 남다르게 생각할 수 있게 될 겁니다. 주제는 글의 내용을 선명하게 만들고, 의미를 담은 함축된 사색과 철학을 각인시키기도 합니다.

수필을 쓸 적에도 실제로 묘를 기르면서 이에 대한 관찰과 경험에서 얻어낸 중요한 내용을 주제라고 하겠습니다. 즉, 독자에게 들려주고 싶은 중요한 줄거리죠. 핵심이 되는 요지입니다.

한 그루의 나무를 주제로 생각해 보면 봄에는 꽃, 여름에는 나뭇잎, 가을은 열매, 겨울은 나목이 되겠습니다. 사계절의 주제를 합치면 아름다운 나무가 그려지겠지요.

어떤 일에서 만들어낸 〈성과물, 결과물〉의 주요 과정이 주제입니다.

글은 자신의 지식과 경험에서 얻어진 생각을 독자에게 들려주려고 하는 일관된 핵심이 주제입니다.

이만하면 글을 쓰실 적에 주제가 어렵지는 않으시겠지요.

글에서 주제를 확실히 이끌어 가지를 못하게 되면 좋은 글이 되기가 어렵습니다.

2) 주제를 이끌어 갈 적에는

(1) 독자들의 관심도를 높일 수 있는 내용. (소재를 통한 흥미)

(2) 작가가 잘 알고 있는 내용. (전문적, 또는 경험적 등)

(3) 새로운 내용. (처음 듣는 신선한 내용, 사색 등)

이런 생각으로 토마토 묘를 기르면, 수필을 쓰기 전에 자연히 머릿속으로 주제가 세워지게 되리라 봅니다.

시(詩)에서도 기, 승, 전, 결(起承轉結)이 있듯이, 수필은 무형식이라고 하지만 반드시 서론, 본론, 결론이 있습니다. 어떤 틀(형식)을 두지는 않는다고 하겠습니다.

그러나 수필을 쓸 때는 주제를 살려 다음과 같은 방법으로 이끌게 됩니다.

(1) 서론 문장 : 필자가 독자에게 이야기 하고자 하는 주제의 서두가 되는 내용.

(2) 본론 문장 : 작가가 알고 있는 것을 독자에게 들려주려는 어떤 생각을, 지식이나 지혜로 흥미있게, 한 가지로 혹은, 여러 가지 이야기로 제목(짧은 문장으로, 사색적이면서도 직간접적 수사적 묘사로 재미있게)을 이끌어 담아가는 내용.

(3) 결론 문장 : 제목을 이해시키는 총체적인 내용을 핵심이 되게 맺으며 또는 여운을 남기는 내용.

수필 제목은 작품전체의 내용을 응축시킨 것으로 주제가 담긴 표현이기도 합니다.

이런 점에서 볼 때, 주제는 수필을 쓰는 요소에서 중요한 위치를 차지하고 있습니다. 글은 주제를 살려내야 독자가 수필을 읽었을 적에, 오래 기억에 남게 됨을 꼭 기억하시기 바랍니다. 언제고 주제는 일관성이 있어야 합니다.

모든 글은 아무렇게나 쓴 것 같지만 서론, 본론, 결론의 순서로 선명한 주제를 담아내어 정렬되어 있습니다.

3) 주제 설정은 어떻게 할까?

수필은 누구나 쓸 수 있는 글입니다. 그러나 글을 쓰게 되면 작품성이 있어야 한다고 생각합니다.

즉 흥미도 있어야 하지만 가치가 있어야 합니다.

작가가 주장하는 내용이 독자들로 하여금 충분히 이해되고, 이에 동감을 불러 일으켜야 됩니다.

그러기 위해서는 다음과 같은 내용들을 꼭 숙지해야 할 필요가 있습니다.

(1) 무엇보다도 주제가 뚜렷해야 한다.

(2) 독창적이면서도 주제가 참신해야 한다.

(3) 주제와 밀접한 소재로 연관되어 있어야 한다.

(4) 자기가 잘 알고(경험) 있는 주제로 이끌음이 좋다.

※ 열매는 번식을 위해 여러 가지 형태를 지니고 있습니다.

종자는 아름다운 모습으로 새나 동물에게 유혹을 하고 있습니다.

이는 씨앗의 생명을 살려내어 하나의 종족번식을 위한 방법에 섭니다. 작품도 마찬가지입니다. 어떤 주제로 어떻게 써야 작품을 살려낼 수 있을 것인가.

작품의 생명이 오래 남도록 주제의 고민이 요구됩니다.

작가는 품위 있는 활동과 지면을 통해 좋은 작품을 꾸준히 발표해야 합니다. 이것이 바로 작가의 생명입니다.

10. 수필의 소재(素材)와 주제(主題)

작품을 쓸 때에 누구나 고민하는 것이 소재입니다. 무엇을 쓸까. 주제는 어떻게 잡을까 입니다.

한 편의 글이 완성되기까지는 책상 앞에 앉아 무엇을, 어떻게 쓸까? 오랜 시간 고민을 하게 됩니다. 혹 외부로부터 원고 청탁을 받게 되면 제목이 설정되어 있는 경우에는 다릅니다.

이때는 제목에 맞는 소재를 가지고, 어떤 형태로 이끌어 나갈 것인가를 생각하게 됩니다. 그 외로 자유 주제를 받게 되었을 경우는 평소에 마음에 담고 있던 소재를 떠 올려 쓰는 게 대부분입니다.

1) 주제에 맞는 소재

글을 쓸 때에는 어떤 이야기(주제)를 설정하고 나서 소재가 선택되기도 합니다. 그러나 간혹 글감이 되는 재미있는 소재를 발굴하였다면 이를 주제에 맞게 여러 차례 머릿속으로 구성을 하고 난 다음에 써 나가기도 합니다. 그런 후에 퇴고를 거쳐 작품을 완성합니다.

모든 예술이 그렇듯이 수필도 주제의 설정이 뚜렷하며, 소재도 독창성이 있고 신선하여 흥미로운 내용이 담겨져 있어야 합니다.

주제를 설정하였다면 많은 이야기를 끌어 들이는 것보다는 제목에 맞게 단순함이 좋습니다. 또는 다양하되 주제에 맞는 내용을 선택해야 합니다. 욕심을 내서 많은 이야기를 끌어내게 되면 자칫 산만함을 느끼게 됩니다.

중국의 유협(劉勰)은 좋은 글을 쓰기 위해서는 "천 개의 곡조를 다룬 후에야 음악을 알게 되고, 천 개의 칼을 본 후에야 명검을 알게 된다. 우선 많은 작품을 보아야 한다." 라고 일러주고 있습니다. 글을 쓰기 전에 많은 작품을 읽어야 좋은 소재와 주제를 잡을 줄 알게 됩니다.

꽃꽂이를 할 적에도 주제를 생각하고, 어떤 꽃으로 꽃을 꽂을 것인가에 따라 재료도 조화를 이루는 꽃과 색깔에 맞는 소재를 구입합니다.

수필 소재 역시 구성상 주제에 맞아야 합니다.

양복 단추가 3개 중에서 한 개가 떨어져 나갔다면 모양, 색깔, 크기가 같은 단추를 달아야 어색하지 않겠지요. 그러나 아내가 짝이 맞지 않는 단추를 달아 주었다면 그 모습이 어떤가를 상상하면 쉽게 이해가 될 것입니다.

소재에 따른 주제도 문단의 연결성을 이와 유사한 생각으로 문장을 이끌어 갑니다.

수필은 아름다움을 느끼게 하는 진, 선, 미를 갖추는 쾌감(감동-흥미)을 담아야 합니다.

2) 소재를 통한 주제

글은 나무의 열매와 같습니다.

어떤 열매고 그 속에는 씨앗이 들어있습니다. 알맹이가 없는 열매는 쭉정이입니다. 나무는 일 년 내내, 한 알의 씨앗을 만들기 위해 수없는 고통의 노력을 합니다. 알맹이가 없는 열매는 아무런 가치가 없습니다.

글도 이와 마찬가지입니다. 뚜렷한 주제가 없이 소재만 풍성하게 늘어놓은 글은 소용이 없습니다.

나무가 옹골찬 열매를 맺으려면, 질소, 인산, 가리 등, 삼대 영양분이 풍부하고 균형 있게 잘 섭취되어 있어야 합니다. 기타 미량요소도 필요합니다.

수필작품도 사색(思索), 삶의 지혜(智慧), 철학(哲學)이 배어 있고, 때로는 웃음과 슬픔도 묻어나야 합니다.

생명을 담고 있는 종자를 주제라고 한다면, 열매를 만들기 위한 세월들의 과정이나 여러 가지 상황, 또는 씨앗을 감싸고 있는 물질들을 소재라고 하겠습니다.

글도 나무의 열매처럼 생명을 담고 있어야 합니다.

수필은 우주의 모든 것들이 다 소재가 될 수 있습니다. 조금은 막연한 표현이라고 생각될지 모르겠습니다.

좋은 글이 되게 하려면 격물치지(格物致知)를 잊지 말아야 합니다. 그러므로 반드시 소재가 설정되면 제재를 끌어다 주제에서 벗어나지 않는 내용을 붙여야 한다는 것도 잊어서는 안 됩니다. 소재와 주제를 서로 먼 거리를 두고 이끌어 가게 되면 글이 산만해지고 충분한 내용을 부각시킬 수가 없습니다.

글의 내용이 짧다고 해서 의미를 담고 있지 않고, 내용이 길다고 해서 반드시 만족한 것은 아닙니다.

글이 짧거나, 길거나 소재를 통한 주제가 어떤 형태로라도 선명하게 들어 있어야 충실한 작품이 될 수 있습니다.

그래야만 작품을 읽고 나면 감동을 받게 되어, 그 의미를 오래 지니게 됩니다.

* 격물치지(格物致知).

격물(格物)은 사물의 이치(理致)를 연구함입니다. 치지(致知)는 사물의 도리를 깨달아서 알기에 이르게 됨입니다. 무엇이든 모르는 사물에 대하여는 알고 있는 지식에서 더 깊이 구명하여 이치에 맞게 판단하는 경지에 이르게 됨의 의미라 하겠습니다. 즉 사물에 대하여 내가 알고 있는 지식을 가지고 깊이 있게 이치에 맞게 그 의미를 알아내어 표현하라는 뜻입니다.

11. 작품의 구상과 구성

좋은 작품이 되게 하려면 물론 소재도 중요하지만 작품의 구성이 잘 짜여 져 있어야 합니다.

우리는 수필을 쓰기 전에 제목을 정하거나, 글감을 얻으면 어떻게 쓸까를 구상하게 됩니다.

작품을 창작하기 전에 그 내용을 어떻게 이끌고 갈 것인가, 생각을 정리하며 우선 머릿속으로 그려내게 됩니다. 즉 작품을 쓰기 전에 구상을 합니다.

소재에 따라서 바로 쓰는 경우도 있지만 며칠을 두고 고민을 합니다.

구상을 하면서 내용도 함께 구성을 하게 됩니다.

1) 어떻게 구성을 할 것인가

소재의 내용을 어떻게 이끌어가야 재미가 있을까 하고 생각을 하게 됩니다.

어쩌면 구상을 함도 구성을 하기 위한 고민이 될 것입니다. 구상을 통하여 줄거리가 잘 짜여 졌으면 구성에 따라 글을 쓰게 됩니다.

작품의 구성방법을 요약하면 다음과 같습니다.

2) 작품의 구성 방법

(1) 전개적 구성----- → 시간적 순서에 따르는 구성
→ 공간적 질서에 따르는 구성

(2) 종합적 구성

① 단계식 구성 --서론, 본론, 결론의 순서로 써나가는 글입니다.

② 포괄식구성 -- 글의 주제가 되는 중심문장이 앞에 오느냐 뒤에 오느냐 혹은 앞뒤에다 놓는 방법입니다. 중심 문장이 글의 앞에 올 때 두괄식이고, 중심문장이 글의 뒤에 올 때 미괄식, 앞뒤에 다 놓일 때 양괄식 문장이라고 합니다.

③ 열거식 구성--대등한 중심 내용을 나열할 때.

④ 점층식 구성--단계적으로 발전, 강조할 때.

⑤ 인과적 구성 --원인과 결과의 분석에 의해 논증할 때.

3) 구성의 효과

구성이 잘 이루어진 글은 문장의 짜임새가 있으며, 작품을 읽을 때 마음에 편안하게 다가오게 됩니다. 글이 논리적이며 일관성을 유지하게 되어, 글의 내용이 통일성을 이루게 됩니다.

글이 전체적으로 균형을 이루게 되어 짜임새가 있고, 주제가 선명히 드러나 내용의 줄거리가 일목요연한 논리적인 문장으로 전개를 하게 합니다. 문장이 잘 정리됨으로 내용의 반복을 쉽게 발견하게 됩니다.

4) 작품 구상의 요령

예술이란 구상을 하였다고 해서 윤곽한 그대로 이루어지는 것은 아닙니다. 글도 역시 마찬가지입니다.

구상이란 머릿속에 어렴풋이 정리되어 있는 글의 윤곽을 좀 더 구체적으로 형상화하는 작업을 말합니다.

화가가 그림을 그릴 때 그리기 전에 머릿속으로 생각(구상)을 한 후, 밑그림을 그려보듯이 윤곽을 잡는 작업입니다.

주제를 뒷받침할 수 있는 제재의 수집이 끝났다면, 그 제재들을 어떻게 배치할 것인가를 구상한 다음 개요를 작성해야 합니다.

구상을 이끌기 위해서는 반드시 구성이 필요합니다. 즉 구성을 하지 않고 구상만으로 이끌게 되면 산만해지고, 내용이 변화되기가 쉽습니다. 이로써 구상과 구성을 하기위해서는 주제, 내용, 제재가 요구됩니다.

작품을 쓸 적에는 주제, 내용, 표현 형식 등이 그때의 생각하는 상황에 따라 달라질 수가 있습니다.

그러므로 구성할 때에는 다음과 같은 세 가지 점에 주의해야 합니다.

(1) 산만한 글이 되지 않도록 할 것.(주제가 뚜렸할 것)

(2) 내용을 분명하게 드러낼 것.(요점이 확실하게)

(3) 내용이 일관되게 할 것.(요점 되는 주제가 갈라지지 않게)

로버트 무어(R. Moore. 1956)는 퇴고를 마친 글이 도달해야 할 목표를 열 가지로 열거하고 있는데, 요약하면 다음과 같습니다.

① 알기 쉬워야 한다.

② 주제는 가치가 있어야 한다.

③ 주세가 일관되게 나타나아 한다.

④ 자료는 구체적이며 실증적인 것이어야 한다.

⑤ 구성은 논리적이고 효과적이어야 한다.

⑥ 단락과 단락의 상호 관계가 긴밀해야 한다.

⑦ 내용이 정확하고 표현이 풍부해야 한다.

⑧ 용어는 보편타당성이 있어야 한다.

⑨ 문법, 표기, 구두점, 서식 등이 맞아야 한다.

⑩ 독창성이 있어야 한다.

12. 제목은 어떻게 붙일 것인가

제목은 글의 내용이나 성격, 그리고 글 쓰는 이의 성격에 따라 집필 시작 전에 붙여질 수도 있지만, 어떤 경우는 집필이 끝난 후 붙여지기도 합니다.

그러나 어느 경우든지 제목을 붙이는 데 있어 유의해야 할 점은 글의 성격과 내용을 잘 나타낼 수 있어야 하며, 독자에게 좋은 인상을 줄 수 있는 혹은 호감을 갖게 하는 제목이어야 한다는 점입니다. 아울러 쉽게 기억해 낼 수 있는 강한 인상이 남는 제목이면 더욱 좋습니다.

흔히 제목을 정하지 못하겠다고 말하는 사람이 있습니다. 이 경우에는 요지가 분명하지 않든가 아니면 분명한 느낌 없이 쓰여졌기 때문입니다.

1) 제목을 붙이는 방법

제목을 붙이는 방법은 대체적으로 다섯 가지가 있습니다.

첫째, 주제를 잘 나타내는 제목으로 붙이기

둘째, 소재로 제목 붙이기

셋째, 시간적인 개념의 문구로 제목 붙이기

넷째, 공간적인 개념의 문구로 제목 붙이기

다섯째, 시간과 공간을 섞어 제목 붙이기

그러나 위의 방법은 서로 중복되는 경우가 있습니다. 예를 들면 주제를 비유하는 제목인데 공간적 개념의 문구일 수도 있고, 소재이면서 시간적인 개념의 문구일 수도 있는 것이 그것입니다. 그리고 위의 패턴에 의해 제목을 붙이되 문예문의 경우에는 비유적인 표현이 적절하며, 주제나 소재를 제목으로 내세우는 것이 바람직합니다.

2) 수필집 발간 제목의 선호도

〈세미나〉

- 수필창작의 수필집 발간 제목의 선호도 -

발표자 | 김홍은

(몇 해 전 제가 직접, 수필집 1,200여권을 분류하여 보았을 적에 사람들이 선호하는 제목은 아래와 같았습니다.)

우리는 일상을 살아가면서 인생이란 무엇인가.

왜 사는가라는 화두를 놓고 고민할 때가 있다.

그런가 하면, 문학은 왜 필요한가도 더러는 생각해 볼 때가 있다. 글을 쓰면서 이럴 때마다 문학이란 무엇인가를 떠올려 놓기도 한다. 많은 학자들은 문학이란 무엇인가에 대한 정의는 대부분 '언어로 된 예술'이라고 설명하였다.

문학은 언어로 된 예술임은 틀림은 없다. 그렇다고 문학을 말재주로만 늘어놓는 게 예술은 아니다. 언어 속에는 인간의 지혜와 철학이 담겨져 있어야 한다고 생각한다. 수필집의 제목은 모든 작품 속에는 내용들을 응축한 짧은 문장의 표현들로 붙여진 이름이나 다름없다.

작품 한 편, 한 편 속에 작가의 정신이 깃들어 있다. 그래서 작품 속에는 남다른 작가의 정신사상이 담겨져 있을 때 그 문학의 가치를 발휘할 수 있다고 생각한다.

아래의 표 1은 2006년 2월에서 2007년 7월까지 발표된 도서(수필집)를, 수필제목으로 구분한 주제별 분류로 이를 보면 다음과 같다.

가장 많은 수필 제목으로 선택한 주제별 분류
(작가가 붙인 책의 제목 방향)

1) 인간- 인생, 나, 사람
2) 행복- 행복, 기쁨, 웃음, 즐거움, 돈
3) 사랑- 사랑, 당신, 그 사람, 영원, 그리움
4) 죽음
5) 삶, 생활, 세월, 이야기
6) 종교적 내용
7) 교육. 학교, 배움
8) 사색, 꿈, 희망, 철학, 생각

9) 마음, 명상

10) 여행, 고향, 나라

11) 자연 산, 바다, 꽃, 나무

12) 기타- 다양한 내용이었다.

13. 새로운 소재 찾기 방향

1) 문학(수필) 치료의 소재

그 예로 본다면, 문학(수필)치료의 소재 찾기를 들 수 있습니다. 지금은 문학으로도 병의 한 부분을 치료할 수 있다고 합니다. 이런 점에서 각 병원에서는 환자들에게 수필낭송회. 시낭송회를 열고 있습니다.

작품을 읽어 줌으로 환자의 마음과 정신을 안정 되게 한다거나 생각을 새롭게 일깨워줌으로 병을 치유하고 있습니다. 지금은 세계적으로 문학뿐만 아니라 음악치료, 원예치료, 미술치료까지 발전하여 학문적인 체계를 이루어 가고 있습니다. 이는 환자의 심리를 이용한 정신적 치료를 통하여 건강을 되찾는 방법이 되겠지요.

현재 우리나라의 각 대학 평생교육원에서 많은 교육이 이루어지고 있습니다.

새로운 소재 찾기의 방향도, 과거의 소재에서 앞서가는 소재를 찾는 게 좋다고 생각도 됩니다.

그렇다고 평범한 소재는 나쁘다는 뜻은 아닙니다. 독자들은 새로운 것들을 민감하게 받아들이고 있어서입니다. 평범한 일상의 소재는 그 소재대로 독자들이 있게 마련입니다.

수필쓰기의 첫걸음은 자신의 주변 이야기, 자신의 경험담이 되겠습니다. 글을 쓰다 보면 점점 소재가 없어 궁색하게 될 것입니다. 이럴 적에는 새로운 경험을 통하여, 새로운 소재를 찾기도 하고 스스로 만드는 노력도 필요합니다.

제 생각으로는 소재 찾기 방향은, 작가들이 아직 많이 쓰지 않은 소재들이 좋겠다고 생각합니다. 그러므로 독자들이 발견(생각)하지 못한 부분에서 폭넓고 깊이 있게 찾기에 노력하는 겁니다.

2) 소재 찾기 방법

(1) 도서관을 가십시오. (다양한 소재가 기다리고 있습니다.)

(2) 도움이 되는 친구를 만나세요. (益者三友)

공자 말씀에, 친구를 사귈 적에는 정직한 친구(友 直). 착한 친구(信用 友諒). 견문이 넓은 친구(友多聞)를 만나야 유익하다고 했습니다.

(3) 나들이를 하십시오.(나들이, 여행)

이 속에서 새로운 소재를 발견하려고 노력을 하시면 되겠습니다.

* 다음 시간에는 새로운 소재(자연에 관하여, 문학치료 등)에 대한 방법도 살펴보겠습니다.

14. 문장이란

문장이란 여러 단어들이 모여져서 표현하고자 하는 생각이 만들어진 내용입니다. 즉 상대방에게 전달하고자하는 의사 표현으로 사상, 감정을 포함하여 언어로 그 뜻을 담은 문자로 엮어 놓은 글이라 하겠습니다. 글을 쓰는 이유는 자신의 생각이나 느낌을 더 정확하게 뜻을 담아내고자 함입니다.

문장은 주어와 서술어를 갖추는 것이 원칙이며, 서술어의 종류에 따라서는 목적어나 보어를 갖추어야 합니다. 자신의 생각이나 느낌을 정확히 전달하기 위해서는 그 말이나 문장이 분명해야 하며. 그러기 위해서는 문법을 정확히 지켜져야 합니다.

글이란 자기의 생각이나 감정을 문법에 맞게 써 놓은 문장들입니다. 문장이란 생각과 감정의 단어로 표현함이라 하겠습니다. 여기에다 기교를 담아내어 꾸미는 기술이 포함하는 것을 수사법이라 하겠습니다.

문장에 있어서 수사법을 활용하게 되면 글이 감칠맛이 있게 됩니다. 우리가 문장을 쓰는 법을 배운다는 것은 곧 자기의 오감(五感)을 통하여 어색하거나 잘못되지 않은 작문을 만드는 일이라 하겠습니다.

문장이란 문법에 맞고, 내용이 확실하고 감동되게 꾸며 놓은 글입니다.

어느 문장가는 글을 쓰는 목적이 네 가지 있다며 그 의미는 '진리를 밝히는 것, 세상을 건지는 것, 숨은 것을 발견하는 것, 풍속을 바로잡는 것'이라고 하였습니다.

1) 문장의 기교

글이란 주관적으로 볼 때 자기가 생각한 대로를 정확하게 표현하는 것이 목적이지만, 대략적으로 볼 때는 그것을 읽는 사람에게 감동과 공감을 갖도록 하는 것이 목적입니다. 그러기 위해서는 문장이 정확하고 아름답고 매력이 있어야 하며, 또 힘이 들어 있어야 합니다.

문장을 정확하고 아름다우면서, 매력과 힘을 갖추게 하는 방법을 글의 기교라고 합니다.

그런데 말이나 글은 대체로 논리적인 이해를 목적으로 하는 경우와, 정서적인 느낌을 목적으로 하는 두 가지 경우가 있어서 그것을 표현하는 방법도 달라질 수박에 없습니다.

이해를 목적으로 하는 글이 정확하게 표현되도록 꾸며져야 한다면, 느낌을 목적으로 하는 글은 단순히 문법적으로 정확하다는 뜻 이외에도 우리의 감각에 호소하도록 써야 한다는 의미가 내포되어 있습니다. 여기에서 언어 창조의 문제도 제기되고 있습니다. 이런 사실과 관련해서 효과적인 문장 표현에 있어서 주의해야 할 사항들은 다음과 같습니다.

첫째, 낱말의 정확한 선택과 효과적인 배열.
둘째, 구체적 표현.
셋째, 적합한 비유. 직설적인 문장보다는 비유를 통해 이야기
넷째, 의미의 풍부성과 적절한 암시성.

한편 구체적인 문장 표현의 기법에는 매우 여러 가지가 있으나 이를 크게 나누어보면, 문장의 뜻을 강하게 높이는 강조법, 어떤 것을 다른 어떤 것에 견주는 비유법, 문장의 단조로움을 덜기 위하여 변화를 주는 변화법의 세 가지 방법이 있습니다.

2) 문장 묘사(描寫)

우리는 글을 쓸 때 묘사를 하게 됩니다. 묘사는 감정이 표함 되게 됩니다. 묘사는 구체적이고 감각적이며 생동감을 주는 데 있습니다.

눈으로 보거나 마음으로 느끼는 대상을 표현하는 방법으로 사물이나 환경의 시간적 공간 등을 조화롭게 감상을 그려내어 표현하는 문장의 꾸밈입니다. 어쩌면 화가가그림을 그리 듯이 사실적인 형상화를 바탕에 두고 느낌의 감각을 담아내는 것처럼 묘사의 글도 이와 같다고 봅니다.

15. 문장과 수사법

문학은 다양한 소재로 만들어져 글이 발표되어 지고 있습니다. 그 중에도 자연에 관한 소재로 서정성에 치우쳐왔습니다. 그러나 현 사회는 인문과학에서부터 자연과학, 공학, 예술에 이르기까지 많은 분야에서 소재들이 만들어지고 있습니다. 인간이 관계된 모든 분야에는 직접적으로나 간접적으로 사람들의 행동과 사고에 관한 생각이 심리적인 문학작품으로 만들어지고 있습니다.

20세기 이후로 모든 학문도 점점 정보화 사회가 되어가면서 인간의 삶은 질과 관계된 문제들이 더 그 중요성을 더하고 있습니다. 이로써 문학예술도 감각, 지각, 사고, 성격, 적성 등의 심리적 방향으로 환자를 위한 문학치료에까지 다다르게 되었습니다.

1) 문장 표현

문장은 자신이 표현한 언어나 단어를 다듬어서 보다 아름답고 논리적으로 조리 있게 만드는 기술적인 어법입니다.

수사란 언어와 글을 아름답게 꾸며놓는 기법으로 그 방법이 여러 가지 있습니다. 이를 잘 이끌어 가는 언변술이 좋은 사람을 언변가라고 합니다. 수사법을 잘 사용한 내용을 읽게 되면 좋은 문장이라고 합니다. 문법적으로 수사법은 말이나 글을 꾸미고 다듬는 기교나 방법을 의미합니다.

작가는 어떤 사물을 보게 되면 은유법, 비유법, 직유법 등으로 멋지게 표현을 합니다. 그 기법은 이미 중·고등학교 국어시간에 배운 내용입니다. 참고로 다시 공부하시기 바랍니다.

"내가 인생을 안 것은 사람과의 접촉의 결과에서가 아니라, 책(문장)과 접촉한 결과이다." 라고 프랑스 소설가 아나톨 프랑스는 말한 바 있습니다.

그렇다면 어떤 글이 좋은 문장일까요. 문장을 쓰기에 앞서 목적에 부합되는 글인가를 살펴봐야 합니다.

설명문, 해설문 - 지식, 이해가 목적인 글

논설문, 논증문 - 설득, 동조가 목적인 글

묘사문, 서정문 - 감화, 공감이 목적인 글

기사문, 서사문 - 사건, 흥미가 목적인 글

첫째, 진실된 글이어야 합니다. 수필은 진실을 바탕으로 한 글이므로 진실의 힘과 감동이 잘 전달되도록 해야 하며 허위가 없어야 합니다.

둘째, 바른 글이어야 합니다.

품위 있는 글 : 어휘, 바른 관점의 글

문법에 맞는 글 : 맞춤법, 띄어쓰기, 월점

셋째, 쉬운 글이어야 합니다.

단락의 변화나 한계가 뚜렷한 글. 구성상 짧고 간결한 글. 문체상 어렵거나 까다롭지 않은 글.

넷째, 재미있는 글이어야 합니다.

화제나 내용이 새롭고 재미있는 글, 서술이나 표현이 참신하고 개성적인 글. 변화있는 구성으로 지루함이 없는 글.

2) 수사법

말이나 글을 아름답고 정연하게 꾸미는 기교를 말하는 것입니다. 생각이나 느낌을 표현을 효과적으로 하면 내용 전달이 쉽게 전달 될 수 있습니다. 글을 쓸 때는 표현기교를 사전에 충분히 익혀 적절하게 이용하여야 합니다.

내용에 어울리는 효과적인 표현 방법을 사용하면 읽는 이에게 재미와 감동을 주며 글의 내용이 정확하게 전달됩니다. 반대로 글의 표현이 어색하면 산만하게 느껴지고 나타내고자 하는 내용을 확실하게 전달할 수 없게 됩니다. 비유법에 대하여 예를 들어 보았습니다.

1. 비유법

어떤 현상이나 사물을 표현하는 데 있어서 이를 곧바로 말하지 않고, 그와 비슷한 성질을 가진 다른 현상이나 사실을 끌어대어 표현하는 법. 직유법, 은유법, 의인법, 활유법, 의태법, 의성법, 풍유법, 대유법(제유법, 환유법), 중의법, 상징법 등등.

2. 강조법

문장의 인상을 강하게 만드는 표현법. 감정보다는 의미상의 강조가 주가 되는 방식이다. 과장법, 영탄법, 반복법, 점층법, 점강법, 대조법, 미화법, 열거법, 억양법, 현재법, 비교법, 연쇄법, 명령법, 돈강법 등등.

3. 변화법

단조로운 문장에 변화를 주어 주의를 높이려는 법.

도치법, 인용법, 설의법, 대구법, 경구법, 반어법, 역설법, 문답법, 비약법, 생략법 등등.

1) 직유법(直喩法)원관념을 보조관념에 직접적으로 연결시킨 수사법. 이를 명유(明喩)라고 하는데 '마치' ,'흡사' , '~같이' , '~처럼' , '~양,' '~듯' 등의 연결어 사용.〈같이, 처럼, 듯이, 양〉 등의 말이 뒤따르거나, 〈예컨대, 마치〉 따위의 말을 앞에 놓아 또는 하는 식의 비유.

꽃 같이 아름다운 얼굴. 샛별 같은 눈동자. 솜털 같은 보드라운 구름

푸른 하늘이 잉크처럼 파랗다. 먹물처럼 어둡다.

찬물을 끼얹은 듯 조용한 시간. 나비처럼 예쁘다. 장대같은 비가 물을 퍼다 붓듯이 쏟아졌다. 말을 나팔 불듯이 둘러 댄다.

2) 은유법(隱喩法)원관념과 보조관념을 직접적으로 연결시키지 않고 간접적으로 연결시키는 방법으로 암유(暗喩)라고도 한다.가 아니라, 와 같이 비유하는 말과 비유되는 말을 동일한 것으로 단언하듯 표현하는 법.

젊은이는 꽃이다. 인생은 낙엽이다. 황금은 돈이다. 반달은 아름다운 눈섭. 할아버지는 낙타 등이다. 눈물은 내 마음. 침묵은 금이다. 오

월은 계절의 여왕.

3) 의인법(擬人法) 사람 아닌 동물이나 자연을 사람인 듯 표현하는 법.

송아지는 내 새끼. 메아리는 어머니 목소리다.

고양이는 우리가족 이다. 수즙어하는 나팔꽃. 내 연인 목련화야.

물소리가 조잘 조잘댄다.

4) 활유법(活喩法) 생명 없는 것을 생명이 있는 것처럼 비유하는 법.

말발굽소리로 밀려가는 바람소리. 시나브로 지는 낙엽이 슬프다.

홍포를 두른 가을길이 바람에 운다. 백사장 사각사각 소리를 내다. 여울물에 돌 구르는 소리가 마치 사람들 웅성대는 소리 같다.

5) 의태법(擬態法) 사물의 모양과 짓을 그대로 시늉하여 표현하는 법.

보들보들한 살결. 오리가 뒤뚱뒤뚱 걷는다. 꼬불꼬불한 고갯길.

토실토실한 궁둥이 살. 살랑살랑 꼬리치며 걷는다.

석양은 여우꼬리만큼 남아 있고, 배는 등가죽에 붙어 있고

철둑 넘어 아까시나무 꽃향기가 뭉클하게 밀려온다. 호랑이는 어슬렁어슬렁 걷고, 황소는 뚜벅뚜벅 걸어간다.

토끼는 깡충깡충 뛰어 달아났다.

6) 의성법(擬聲法)자연계의 소리, 인간 또는 동물의 소리를 그대로

본떠 감각적으로 표현하는 법.

유리그릇이 쨍그랑하고 깨졌다. 소 방울 소리가 딸랑딸랑 들린다. 부엉새가 부엉부엉 울고, 병아리가 삐약 삐약 울어댄다. 송아지가 음매 하고 울고, 수탉이 꼬꾜오- 오토바이가 붕붕 대며 달린다.

7) 풍유법(諷喩法) 표현하고자 하는 내용을 직접적으로 나타내지 않고 그 내용을 다른 이야기나 속담, 격언, 문장으로써 간접적으로 나타내는 방법이다. 내용을 암시하는 방법으로써, 이를 '우의법(寓意法)' 또는 '우유법(寓喩法)'이라고 한다.

풍유로 표현하기 위하여 도입된 비유는 문장전체에 사용되기 때문에 그 본뜻은 추측할 수밖에 없다.

속담은 모두 여기에 속한다. 엉뚱한 말 속에 참뜻을 담아 본뜻을 추측하게 한다.

오뉴월 쬐든 화로불도 물러나면 서운하다. 아니 땐 굴뚝에 연기 나랴.
비단옷 입고 밤길 걷는다. 우는 놈 젖 준다. 침묵은 금이다.
지렁이도 밟으면 꿈틀한다. 부뚜막에 소금도 집어넣어야 짜다.
바늘 허리매어 못쓴다. 동냥은 못줄망정 쪽박은 깨지 마라.
말 한마디가 천 냥 빚 갚는다.
소경 개천나무란다. 입에 침이나 바르고 말해라.

8) 대유법(代喩法)

(1) 제유법(提喩法) : 한 부분을 가지고 그 사물 전체를 나타내는 법.

포도청 : 목숨

사육신 : 성삼문, 박팽년, 유응부, 이 개, 하위지, 유성원

무슨 약주 드셨습니까? : 약주 → 모든 술 빼앗긴 들에도 봄은 오는가? : 들 → 조국

(2) 환유법(換喩法) : 하나의 사물을 다른 명칭을 들어 비유하는 법

별 → 장군 강태공 → 낚시꾼 태극기(한국)가 일장기(일본)를 눌렀다. 무궁화 삼천리 → 대한민국 바지 저고리 → 촌사람 밤 손님 → 도둑 상아탑 → 대학교

9) 중의법(重義法) 한 말에 두 가지 이상의 뜻을 포함시켜 표현하는 법.

청산리 '벽계수'야 수이 감을 자랑 마라. (벽계수)

일도 창해하면 다시 오기 어려왜라.' 명월' 이 만공산하니 쉬어 간들 어떠리. (명월)

10) 상징법(象徵法) 비유이면서도 좀처럼 원관념을 찾아내기 힘든 표현. 추상적인 것(무형)을 구체적 사물(유형)로 암시하는 법.

적십자 → 봉사 비둘기 → 평화 소나무 → 절개

〈유홍준 교수의 문장 강화의 비법입니다.〉

1. 주제를 장악하라. 주제가 명확하지 않으면 글이 흔들린다. 제목만으로 그 내용을 전달할 수 있을 때 좋은 글이 된다.

2. 내용은 충실하고 정보는 정확해야 한다. 글의 생명은 담긴 내용에 있다.

3. 기승전결이 있어야 한다. 들어가는 말과 나오는 말이 글에 생명을 불어 넣는다. 들어가는 말이 있으면 나오는 말이 있어야 한다.

4. 글의 길이에 따라 호흡이 달라야 한다. 문장이 짧으면 튀고, 길면 못쓴다. 15매 기준을 했을 땐 문장이 짧아야 하며 30~50매의 경우 4~5토막으로 나눠는 게 옳다고 생각한다.

5. 잠정적 독자를 상정하고 써라. 내 글을 읽을 독자는 누구일까, 머리에 떠올리고 써야 한다. 글을 읽는 독자의 입장에서 접근해야 한다.

6. 본격적인 글쓰기와 매수를 맞춰라. 미리 말로 리허설을 해 보고, 쓰기 시작하면 한 호흡으로 앉은 자리에서 끝내라.

7. 문법에 따르되 구어체도 놓치지 마라. 당대의 입말을 구사해 글맛을 살리면서 품위를 잃지 않는다. 문법에 맞추다 보면 지나치게 글이 딱딱해지고 구어체를 너무 많이 쓰면 지나치게 문법이 파괴될 수 있다. 법도를 떠나지 않으면서 또한 법도에 구속 받지 않는 구어체를 구사하면 좋다.

8. 행간을 읽게 하는 묘미를 잊지 마라. 문장 속에 은유와 상징이 함축될 때 독자들은 사색하며 읽게 된다.

9. 독자의 생리를 좇아야 하니, 가르치려 들지 말고 호소하라. 필자는 독자 앞에서 겸손하라.

10. 글쓰기 훈련에 독서 이상의 방법이 없다. 좋은 글, 배우고 싶은 글을 만나면 옮겨 써보라.

11. 절대 피해야 할 금기사항. 억지로 멋을 넣지 말 것, 글도 마음에서 우러러 나와야 하는 것, 상투적인 말투는 사용금지, 접속사 없이 글을 써보자.

12. 완성된 원고는 독자 입장에서 읽으면서 윤문하라. 리듬을 타면

서 마지막 손질을 하라.

13. 자기 글을 남에게 읽혀라. 객관적 검증과 비판 뒤 다시 읽고 새로 쓰는 것이 낫다.

14. 대중성과 전문성을 조화시켜라. 전문성이 떨어지면 내용이 가벼워지고 글의 격이 낮아진다.

15. 연령의 리듬과 문장이란 게 있다. 글 쓰는 이의 나이는 문장에 묻어 나온다. 젊은 시인의 시와 중년 시인의 시가 다른 만큼 억지로 감성을 속여서 글을 쓰지 말고 나이에 맞게 솔직하게 느끼고 쓰도록 하라.

3) 문장쓰기의 실제 예

작가가 글을 쓴다는 것은 피를 말리고 뼈를 깎는 일이라고 흔히 말합니다. 언젠가 글을 쓰면서 이런 내용을 썼던 적이 있습니다.

'예로부터 글 쓰는 작업은 돈을 버는 일도 아니요, 또 돈을 벌려고 글을 쓰는 것은 더더욱 아니다. 예술이란 다 그렇겠지만, 그 중에서도 글을 쓴다는 일은 자신과의 싸우는 작업이다. 글을 쓰는 이유는 희로애락과 고독한 인생살이를 달래고, 자신의 사색과 철학의 진선미를 통하여 내 이웃과 사회를 행복한 삶으로 이끌고자 하는데 목적이 있지 않나 생각한다.'

수필은 편하게 읽히며 느끼기는 쉬워도 쓰기가 어려운 글입니다. 수필을 써 보지 않은 사람은 그저 붓 가는 대로 쓰는 게 수필이라고만 알고 있습니다. 글이란 모두가 작가의 깊은 생각을 정리하여 붓 가는 대로 쓰는 것은 맞습니다. 그러나 달관된 인생관으로 지식과 사유의 경험을 바탕에 두고 예술의 혼을 담아내는 게 수필의 생명입니다.

글을 쓰는 사람은 남다른 인생의 경험과 사물을 성찰하는 예지의 눈으로 고뇌하며 살아가는 사람입니다. 이에 수필은 어디까지나 한 개인적 삶의 철학과 사색을 통한 의미를 감동으로 담아내는 언어의 율동입니다. 이런 점으로 미루어 보아 표현은 주관적이지만, 문장은 아름다움을 지니고 있을 때 오랜 생명력을 유지할 수 있습니다. 소박하면서도 진솔한 내용과 순수하면서 신선한 생각을 담아낼 때 작품의 가치를 더해 줍니다.

오늘의 일상생활에서 사회적 문화로 활용되고 있는 가장 대표적인 표현은 정보화시대의 언어적 사용이 아닌가 싶습니다. 정보화시대라고 하면 이는 일반적으로 영상매체를 가르치고 있습니다. 나날이 새롭게 변화되고 있는 인류의 사회생활 문화가 TV 매체를 통하여 급속도로 스쳐 지나가고 있습니다. 이에 인간적 문화예술이 하나로 뭉쳐져 가고 있습니다.

영상이란 영화나 텔레비전의 화상(畵像)으로, 현대사회는 영상시대를 살아가고 있습니다. 화상에서 느끼는 시각에서 청각까지 연결함으로 인간의 사고력까지도 변화를 가져옵니다. 따라서 사람들은 독서의 문화에서 이미 영상문화로 이끌리어 가고 있습니다. 이런 점으로 미루어 볼 때, 무엇보다도 수필은 재미가 있어야 글을 읽게 됩니다. 우리의 수필문학 작가는 많은 고민을 해야 합니다. 개인적인 정서나 문화적 취향과 성향에 따라 함축된 감동의 작품으로 독자의 끈을 놓쳐서는 안 됩니다.

〈문장 표현의 예문〉

동네를 천천히 돌아 집으로 오는 길에 그믐을 향해 가고 있는 슬픈 듯한 달을 보았다. 달은 지구의 탄생과 큰 차이 없이 수십 억 년 전에 우리별의 유일한 위성으로 태어나 운명을 함께 하며 동반자로 살고 살아왔다. 수백 만 년 전 이 땅에 모습을 드러낸 사람들이 커다란 관심을 가지고 친해져, 한 달 간격으로 혼자 놀기에 빠져 있던 달에게 많은 친구들이 생겨났다. 긴 세월동안 사람들은 고민을 털어놓고 소원을 빌며 외로움을 달래고 시절을 가늠하며 달과 함께 살아왔다.

- 최한식 〈하현달을 바라보며〉 중에서

인생을 거대한 바둑판에 비유하면 하루하루가 바둑판 위에 두어지는 한 알의 돌이 되겠다. 살면서 의미가 소멸하지 않은 참된 돌은 과연 몇 개나 될까? 탁월한 선택으로 빛을 보는 순간이 있는가 하면 잘못된 선택으로 손해를 보거나 고통을 받아야 했던 날들도 있었다. 그때 왜 그런 결정을 하게 되었는지를 꼼꼼하게 되짚어 보는 일이야말로 인생 복기이리라.

복기는 너의 눈으로 나를 보는 것과도 같다. 철저하게 객관적 입장에서 그때 그 장면에서 두었던 수가 상대의 눈에 어떻게 비춰졌는지 돌아보면 비로소 실수가 눈에 보이고 완착과 패착, 헛수와 자충수도 선명하게 보인다고 한다. 사람이 제 눈으로 자기 얼굴을 볼 수 없는 것은 남의 눈으로 자신을 살피라는 섭리이리라.

- 고영옥 〈복기〉 중에서

감동이 내 집으로 내려왔다. 햇살과 바람이 여름내 나무를 쓰다듬고 농부의 땀이 익힌 결과물들이 황홀하다. 하나, 둘, 셋, 넷…. 네모반듯한 복숭아 상자 속에 그분 마음 열 알이 가지런히 서려있다. 모자람 없는 완전수 '열'이로고…. 꽉 찬 그분의 마음이 전해온다고 의미까지 부여하며 행복을 배로 충전한다. 이름도 고운 '햇사레복숭아' 열 알 중 한 개를 씻었다. 껍데기도 아까워 벗기지 않고 그대로 삐져 접시에 담았다. 감사기도를 하고 포크로 찍어 입에 넣으니 입 안 가득 달달한 과즙이 흥건히 도랑을 이룬다. 입속에서 식감미각들 전쟁이 터졌다. 오감만족 세포들이 일제히 일어서 달콤한 복숭아속살을 음미한다.

- 임미옥 〈가장 좋은 건 함께〉 중에서

우리들의 삶 또한 작은 빗방울처럼 잠깐 왔다 사라져 가는 것 아닐까?

바쁘다는 이유로, 힘들다는 이유로 눈여겨보지 않고 소홀히 했던 것들을 생각하게 하는 아침이다. 허리를 굽혀 여리고 가냘픈 풀잎을 바라본다. 비바람에 움츠렸던 매미들이 소리 높여 여름을 노래를 한다.

마음에 여유를 찾으니 보이지 않던 세상이 보이고, 들리지 않던 소리도 들린다. 그리고 가까이 있어서 소중한줄 몰랐던 사람들, 멀리 있어서 잊혀져가던 사람들이 다시금 그리워진다. 마음껏 아껴 주자, 마음껏 사랑하자!

서로 아끼고 사랑하기에는 내일은 너무 늦을지도 모른다.

- 신찬인 〈생각이 머무는 아침〉 중에서

마지막 사력을 다해 달려서 목적지에 도착했다. 디지털시계는 3시간 57분을 가리키고 있다.

완주 메달을 받아들고 운동장에 벌러덩 드러누웠다. 더 이상 한 발작 떼어놓을 힘도 남아있지 않다. 죽음의 긴 터널을 빠져나온 해방감과 해냈다는 가슴 벅찬 환희가 온 몸에 짜릿하게 퍼진다. 몸이 시리도록 파란 하늘 위로 새털처럼 가볍게 떠오른다. 이 세상 무엇과도 바꿀 수 없을 만큼 행복하다.

쓰러져 죽을 것만 같은 고통과 포기하고 싶은 수많은 갈등을 극복한 사람만이 누릴 수 있는 행복이다.

내가 이 만큼 달릴 수 있음에 감사하며 이 순간의 마음을 오래도록 간직하고 살아갈 수 있었으면….

- 김종권 〈마라돈과 나의 인생〉 중에서

물레방아가 돌아가는 배경 앞에 새파랗게 젊음이? 아닌, 새파란 개량 한복을 입은 미화원인 듯한 월로 아낙네들이 휴식시간인 듯,

철버덕 자리를 깔고 앉아 윷판을 벌이고 있는 것이 아닌가. 도포를 입고, 갓을 쓴 노인이 꺼떡 서서 담뱃대를 물고 윷 던지는 여인에게 눈을 찡끗거리며 해학적 미소를 머금고 있었다.

그 맞은편 상투를 빼딱하게 틀고 돌 위에 걸터앉아 앞으로 구부린 자세로 회심에 미소를 띄우며 말 쓰는 것을 참견하고 있는 것은 또, 어떤가. 한 무대의 풍광에서 피사체로 단연, 꼽히고도 남음직 하잖은가. 몽환적 정경일까. 내 회심에 미소가 반영처럼 보인다. 그 속에 할아버지와 내 유년시절도 보인다. 꿈속에서 꿈을 꾸는 것일까.

- 이미화 〈정경〉 중에서

오늘도 석양이 찾아왔다. 붉고 커다란 태양이 지평선에 앉아있고 황금빛 구름이 밝은 하늘을 촘촘히 수놓고 있다. 황금가루가 바람에 날리듯 찬란한 노을빛이 구름 사이로 천천히 뿌려진다. 세월도 세상도 구름따라 흘러간다. 그 흘러감 속에 무언가든 추구하고 이루어지길 바라며 산다.

하지만 그 목표가, 목적이 이루어지든 아니든 그건 중요하지 않다. 분명한 것은 살아 숨 쉬는 동안에 이루기 위하여 최선을 다하고 나와 주위를 위해 열정을 가지고 배우고 또 노력해야 한다. 황혼의 인생에서 금빛 구름사이로 노을빛이 물든 멋진 석양을 바라보려면.

- 김학명 〈구름을 바라보며〉 중에서

세월 속에 우리는 티끌 같은 먼지를 오기로 버무려 필요 없는 담을 쌓고 살고 있다. 알지 못하고 쌓는 담, 자존심에 혼자 쌓은 담, 어리석음에 가슴앓이 하며 세상과 쌓는 담 모두가 스스로 만든 담이다. 그 속에서 혼자 허우적거리며 외롭게 살아가는 삶이 아니던가. 허물기 어려운 이해관계가 만들어 낸 담을 모나면 모난 대로 둥글면 둥근 대로 작으면 작은 대로 맞추는 것은 내 몫이다. 형님의 흥분된 답은 오히려 내 마음을 편안하게 했다. 내가 대전을 방문했을 때 형님이 과장된 표현으로 반긴 것보다 깊이 있는 형님의 마음이 느껴졌다. 어릴 적 어머니가 뚫어 놓은 판자 담으로 마음을 나누는 삶을 살아야 한다면서도 30년을 넘게 살아온 형님의 마음도 읽지 못한 것은 내 마음으로 쌓은 담 탓이리라. 마음을 활짝 열고 묵은 먼지를 툴툴 털어내자. 그리고 담을 쌓는 나만의 어리석은 잣대를 창공으로 쏘아 버려야 할 것이다.

- 양승복 〈담〉 중에서

겨울이 지나가고 얼마 후에 봄이 오리라. 어디에선가 새들이 이곳을 다시 찾아오리라. 여름이 오고, 저 은밀한 녹음 속에서 또 하나의 새들의 아름다운 노래 소리와 사랑 이야기가 만들어지리라. 그리고 또 겨울이 오고, 또 하나의 빈 둥지가 만들어지겠지.

새들이 떠나갔다고 새들의 사랑과 노래까지 사라진 것은 아니리라. 녹음으로 울창한 비밀의 정원에서 사랑하였던 새들의 아름다운 노래는 시공을 초월하여 어딘가에 맴돌고 있을 것이다. 차디찬 겨울바람에 소리는 날아가고, 둥지는 공중에 빈 집으로 드러났지만, 그 새 소리와 사랑 이야기는 소멸(消滅)한 것만은 아니리라.

지금은 텅 빈 강의실의 오후한 때이다.

'소리 없는 데에서 소리를 듣고, 형체 없는 곳에서 형체를 본다(聽於無聲 視於無形)' 고 하는 글을 마음속으로 떠올려본다.

- 최재우 〈裸木에 빈 둥지〉 중에서

창밖을 보니 검은 구룡산도 왁짜지껄 하던 병원도 새벽어둠에 푹 잠기어 잠들고 가로등 방범등만 희미하게 졸고 있는 듯하다.

살금살금 소리 없이 캄캄한 병실에 들어가니 말기 췌장암 환자의 신음소리, 아픔과 괴로움에 앉아 새우잠 자고 있는 옆 침대 할아버지, 아들의 간이 심하게 나빠져 누런 황달로 통통 부운 얼굴을 바라보고 기도하시는 듯한 할머니는 피곤함에 지친 모습이다. 남편의 얼굴에 살짝 볼을 대니 끙 하며 돌아눕는다. 남편도 선잠으로 잠 못 이루는 것 같다.

남편의 손을 살짝 잡으니 따스한 온기가 가슴으로 썰물 되고 지난날의 영상이 밀려 온다. 가난과 역경을 칠전팔기의 정신으로 남다른 노력과 정열로 발전하여 희망찼던 모든 꿈들...각종 연구발표, 문학 작품발표 시낭송회 등이 떠올려져 교육 연구와 문학 활동에 남달리 열성을 했든 일이 주마등처럼 스쳐간다.

- 손찬국 〈소원나무〉 중에서

페르소나라는 가면을 쓰고 연기를하는 사람은 자신의 맨얼굴을 다른 사람에게 보여주고싶은 욕망을 느끼게 된다. 자신의 슬픈 감정을 누군가로부터 위로받고 싶은 것이다. 몇몇 친구의 얼굴이 떠오르고 한 친구에게 전화를 한다. 자신의 맨얼굴을 보여주고 싶었던 친구로부터는 뜻밖의 이야기를 듣는다. '회사구조 조정으로 직장을 그만두게 되었다' 는 것이다. 맨얼굴을 보이려했던 친구 앞에 다시 가면을 써야하는 게 현실이다. '너는 능력이 있으니 오히려 전화위복의 기회가 될 것' 이라고 위로하며 페르소나를 써야할 것이다. 바로 여기에서 인간이 겪어야 하는 비극이 있는가보다. 자신의 가면을 벗자마자, 맨얼굴이 아니라 새로운 페르소나와 마주치기 때문이다. 도대체 얼마나 많은 가면을 벗겨내야 우리의 맨얼굴을 찾을 수 있단 말인가.

- 이황연 〈페르소나의 진실〉 중에서

가을은 각자의 성정性情이나 나이에 따라 다른 의미로 다가오는 것 같다. 감상적 시인이나 노인에게는 스산하게, 청춘이나 현실주의자에게는 단풍을 즐기거나 풍성한 수확을 하는 계절로…….

나에게는 어떤가. 성격이 단순하고 생업으로 분주하지만, 육십을 훨씬 넘겨 인생의 가을을 맞다보니 하는 일이 허무하고 쓸쓸한 마음이 드는 것을 어쩔 수 없다. 도시인이지만 주말에는 시골 농부로 사는 이중생활이 사계의 변화에 민감하게 반응하고, 이즈음엔 가을 정취에 젖게 된 이유인지도 모르겠다.

불과 한 달 전만 해도 무성했던 풀들이 더는 자라지 못하고 꽃도 거의 시들었다. 꽃과 인생이 다르지 않나 보다.

- 정의륙 〈시든 꽃〉 중에서

TV 속 중년의 세 남자는 고된 여정 끝에 마주한 마추픽추 경관 앞에 앉아 조용히 눈물을 흘리고 있었다. 그들은 청춘을 같이 했던 세 사람의 우정과 더불어 지난 세월이 주마등처럼 확 다가와서 눈물이 났다고 했다. 나도 그랬다.

고된 여정이 무사히 끝나가는 마지막 날 밤이라 그랬을까. 여인의 바이올린 소리를 들으며 돌아서는 순간 불현듯 저 세상에 계신 친정어머니 생각이 났다. 아프리카 사막에 떨어져도 난 살아남을 거라고 늘 말씀하시던 친정어머니가 "역시 내 딸이구나!" 하시며 아주 대견하게 내려다보실 것 같았다. 그런데 바이올린 켜는 여인 앞을 그냥 지나치지 못하고 기어이 지폐 한 장 놓고는 사진도 찍지 않고 조용히 돌아서는 날 보면서 왠지 안쓰러워하고 계실 것도 같은 생각이 들자 그만 눈물이 뚝 떨어졌다. 여인의 바이올린 소리는 한참을 따라왔다.

- 엄금순 〈바이올린 여인〉 중에서

말씨에 불이 당겨져 사람과 사람의 마음이 이어지고 화자의 독특한 인간미가 풍겨져 나오는 말은 어느 맛난 음식의 감칠맛에 비교할 수 있으랴?

수묵화의 멋은 여백의 신선함에 있고 꽃이 가장 예쁠 때는 반쯤 피어 있을 때라고 하며 인품의 향기도 절제된 말속에서 전해진다고 한다. 입술의 "삼십초" 누군가의 가슴에 담겨 삼십년을 갈수 있다는, 말! 때와 장소에 따른 시의적절한 한마디 말은 좋은 영화의 한 장면처럼 두고두고 촉 조근 하게 가슴을 적셔 오기도 한다.

- 신현애 〈말(言)〉 중에서

오늘 밤 어머니는 어떤 꿈을 꾸고 계실까. 오랜만에 어머니와 누워 잠을 청해 본다. 키가 한 뼘이나 작아지신 굽은 몸으로 아무런 걱정도 없이 잠을 곤히 주무시는 모습을 보니 내 마음도 편안해진다. 오늘은 아들이 옆에 있어 더 편하게 주무시는지 모르지만 이렇게 어머니와 누워 잠을 청할 날이 얼마나 될까를 생각하니 눈물이 흐른다. 백세를 사시라고 말씀드렸더니 "이제 너무 오래 살았다" 고 하시며 고개를 흔드신다. 어머니가 자주 웃으시며 백 살보다 더 오래 사셨으면 얼마나 좋을까 하는 바람을 가져 본다.

이제라도 어머니가 창문을 잡고 슬픈 표정을 지으시며 속으로 눈물 흘리지 않으시도록 해드려야겠다. 기다리지 않아도 달려와

얼굴을 보여드리는 아들이도록 노력해야겠다. 어 여 그만 가라고 밀어내도 이리굉올 부리며 좀 더 있다 가겠다고 말하는 아들이 되도록 노력하리라. 어버이날을 맞아 얼마 남지 않았을 어머니 시간을 기다림으로 보내지 않으시도록 노력하리라 다짐한다.

- 강대식 〈어머니의 기다림〉 중에서

동백꽃보다 붉고 탱자열매보다 노란 애기단풍나무로 물들어 있는 산길을 걷는다. 사방이 온통 동양화 같아서 누구나 시인이 되고 화가가 되고 싶겠지. 하늘과 산, 붉은 나무숲에 떠있는 구름다리 위로 사람들이 선계로 들어가는 양 일렬로 걷는다. 가을의 눈부신 햇살이 나뭇잎 사이로 쏟아지고 구장군 폭포의 비경 앞에 서니 보기만 해도 모든 잘못이 소멸되는지 마음이 가벼워 진다. 폭포의 울림은 침묵하는 산을 깨우는지 아니면 산은 폭포의 울림에 잠이 드는지 모르겠다. 그 소리는 가을 빛을 받으며 남도의 육자배기 소리를 토해 내듯 사뭇 심사를 흔든다. 잠시 낙엽에 앉아 저무는 인생을 생각한다. 눈물겹도록 아름다운 단풍 아래서 나는 왜 고독해지는지 모르겠다.

- 염동원 〈단풍 우(雨)〉 중에서

한솥밥을 먹는 식구들, 그들이 몰려온다. 나와 더불어 울고 웃는 딸과 사위와 고물고물한 새끼들이 집으로 돌아오고 있는 것이다. 내 안의 나도 모르는 힘이 세포를 팽팽히 당기는 듯하다. 즐거워할 준비도 이미 끝났다.

삶의 시간에 우선멈춤이란 있을 수 없는 것. 2월이라는 시간의 명패를 소리 없이 넘기며 3월의 창문을 연다. 뒤숭숭한 구름으로 얼룩진 하늘이다. 필연코 봄비가 오려나보다. 서둘러 시장에 가야겠다. 닷새 동안의 침묵을 말끔히 몰아내줄 그들을 위해 향긋한 봄나물 미나리와 곰취를 사고 달래도 한 줌 사자. 그리고 실팍하게 살 오른 은빛 숭어 두어 마리를 사가지고 올 것이다. 기왕이면 부산 가덕도 앞 바다에서 놀던 놈을 팔뚝만한 걸로.

- 노순희 〈일상으로의 회귀〉 중에서

가을이 오면 푸른 하늘에 그림을 그리는 사람들이 있다. 바로 공군대표조종사인 '블랙이글' 이다. 그들은 푸른 하늘에 파스텔 톤의 연막으로 낭만과 꿈, 그리고 국가와 국민들을 향한 굳은 의지를 그려낸다. 길어야 1분을 채 넘기지 못하고 흩어져버리는 순간예술이지만, 그 그림들은 보는 사람들의 마음속에 뚜렷하게 투영된다. 그것은 여덟 대가 한 몸처럼 움직이며 그려내는 웅장하고도 박진감이 넘치는 그림이어서 그렇고, 푸른 하늘의 낭만이 그대로 담겨 있어서 그럴 것이다.

- 이두희 〈조종사가 살아가는 이유〉 중에서

분(盆)안에서 작게 기르자니 모든 것을 정상적인 자람을 억제할 수밖에 없다. 축소된 분경(盆景)에 느끼는 세계가 너무나 깊은 뜻이 있다. 마치 긴 산문을 압축해 놓은 한 편의 시(詩)와 같은 느낌이다. 몇 자 안 되는 시가 긴 소설보다 더 많은 심연의 이야기가 있듯이 오래된 분재를 보면 그와 같은 감동을 받는다. 계절 따라 변하는 모습, 연륜(年輪)의 무게만큼 이나 두터워지는 웅틀붕

틀 한 줄기와 표피, 가지 끝에 피는 잎, 노출된 굵은 뿌리를 보면서 세상경험을 많이 하고 깨달음을 얻은 사람에게서 연륜이 녹아든 아름다움을 느끼는 것 같다.

- 이정식 〈옹이 눈〉 중에서

허해진 허리는 자식들 출가시키고 나서의 허전함과 무엇이 달랐으랴. 더 이상의 필요도 없고 모든 것이 무의미하다는 것을 아셨을까? 어머니의 자식사랑을 담아두기에는 이제는 너무나 나약해져 버린 자신을 알았음일까. 삶의 무게를 이제는 줌치에 채워 넣을 희망의 그 어떤 것도 바라지 않고 무소유를 고집하려 애를 썼으리라.

어머니의 허리에 동여 멘 모습을 떠올려 보며 주머니 안에 손을 넣어보았다. 비녀로 쪽진 가르마의 어머니 모습과 운동회 때 찍은 것으로 보이는 낡은 흑백의 가족사진이 들어 있다. 돈을 담아 자식을 키웠던 어머니의 줌치는 그 의미를 벗어나 자식의 얼굴을 담아 두고 홀로 꺼내어 보았던 모습을 생각하니 불효한 죄책감을 떨쳐 버릴 수 없었다. 빗자루를 들어야했던 자식 사랑하는 표현 까지도 아끼셨던 어머니, 영원히 사랑합니다.

- 최종희 〈줌치〉 중에서

어른을 모시는 일엔 정석이 없는 것 같다. 어른들은 마음 편하게 해주면 된다 하지만 어른 모시는 일이 세상 제일 복잡하고 어려운 일인 것 같다. 어디 부모 마음과 자식 된 마음이 똑같이 그렇겠는가.

며칠 전 나는 넘어져서 꼼짝을 못한다는 시어머니를 모시고 병원으로 왔다. 일주일을 방치했다는 죄책감이 나를 더욱 민망하게 했다. 조금 있으면 나을 것 같아 연락하지 않았다는 어머니의 말에 한없이 착잡함만 더했다. 어머니가 입원한 병실엔 노인만 여섯 명 이었는데 그 어른들은 자식된 도리만 내게 종용했다. 나는 대충 흘려듣고 얼른 나왔다. 나의 이기적인 행동이 썩 마음에 들지 않지만 이 순간만큼 진퇴양난일 때 최선의 선택은 피하는 거다.

- 남연심 〈병상에서〉 중에서

지난달에는 먼동이 틀 무렵 베란다 방충망에 잠자리 한 마리가 붙어 있었다. 어둠은 걷히고 찬란한 아침 햇빛도 비친다. 두어 시간이나 지났는데 잠자리는 여전이 그 자리에 붙어있다. 간밤에 찾아 와 늦잠이 들었나.

또 어떻게 엘리베이터 없이 아파트 13층까지 날아 올라온 것일까. 한 마리 생물이 신기하게 정겨워 반겨진다. 행여 잠에 방해가 되지 않을까, 베란다 나가는 문 열기가 망설여진다. 빨래대 걸려있는 옷가지도 걷어 들여야 하고, 열시까지는 모임에도 도착하여야 하기에 이때부터 조바심이 난다. 그 순간 눈 깜짝 할 사이 날아가 버렸다. 날아가는 것은 못 보았다. 왠지 마음에 야릇한 미련이 남았었는데.

- 최경자 〈당신이 오나봐〉 중에서

꽃눈이 터지며 내 품는 향기로움에 꽃 멀미도 좋았다. 그렇게 몇 밤이 지났을 즈음, 꽃을 이룬 꽃대 사이로 영롱한 참이슬 같은 물방울이 맺혀 있었다. 방울방울 맺힌 수정체가 불빛에 반짝거리는 모습은 또 한 번의 신비스러움 극치였다. 가만히 들여다보다가 말랑말랑한 액체를 조금 떼어 맛을 보았다. 꿀같이 달콤하다. 꿀맛 같은 이 점도는 벌 나비들의 몫일 텐데. 곤충들이 날아들 수 없음을 아는 듯 물방울은 슬프게 눈물처럼 흘러내렸다. 향기 머금은 하얀 행운 목 꽃, 슬픈 듯 찬연하도록 아름다움이 빛나던 봄밤을 어이 잊을까.

- 고승희〈꽃이 피던날〉 중에서

"뻐꾹새 우는 농장"

부드러운 산 능선 아래 자리한 고즈넉한 농장이 병풍을 펼쳐놓은 듯 한 폭의 산수화다.

뻐꾹! 뻐꾹! 뻐꾹새의 울음소리가 들려오는 것만 같다. 한쪽 갈대숲으로 우거진 계곡에서 졸졸졸 물소리가 들린다. 돌 틈사이로 흐르는 맑은 물이 식물들을 잘 자랄 수 있게 해준 생명수였나 보다.

감나무 밭에는 주먹만한 대봉감이 익어가고, 밭두둑에 간격을 두고 줄지어 서 있는 키 작은 대추나무에 덜 익어 파란 것도 달려 있지만 빨갛고 탱탱한 대추가 상큼하다. 콩, 깨, 호박, 가지 토마토, 고구마 갖가지 농작물들이 실하게 여물어 간다. 원생이면 누구나 아니 어느누구라도 농사를 체험하고 싶은 사람들을 위하여 마련해 놓은 땅이라고 하시는 교수님의 자연 사랑이 느껴진다.

- 장란순 〈뻐꾹새 우는 농장〉 중에서

삶이란 언제나 오르막길만이 있는 것이 아니며 언제나 순탄한 길만이 있는 것이 아니다. 오르면 내려와야 한다. 안전하게 잘 내려와야 한다. 잘 내려오려면 차근차근 잘 준비하여야 한다. 잘 올라가 정상에 깃발을 꽂는 일도 멋진 일이겠지만 무사히 내려오는 것도 멋진 일이다. 전심전력을 다해 평생을 일궈왔는데 한 순간에 추락해서야 되겠는가. 요란한 플래시를 받으며 장도에 올랐다가 보잘것없이 추락하는 사람들의 모습은 얼마나 초라한가.

인생의 내려오는 길에서 보여주는 아름다움이야말로 더 깊은 향기를 품은 진정한 아름다움이 아닐까.

- 김혜경 〈내려오는 길〉 중에서

할머니의 소리가 들리는 듯하다.

"아가야! 세상살이는 나 혼자만 행복하게 사는 게 아니다. 함께 즐거워야 한다."

함지박에서 할머니의 온기가 느껴진다. 때로는 쓸어안기기도 부대끼기기도 하며 살아가는 게 인생이겠지. 함지박을 어루만지니 그 옛날의 추억이 되 살아난다.

세월여류(歲月如流)라고 했던가. 세월은 흐르는 물과 같다더니, 내가 시집올 때만 해도 지천명에 이르셨던 시어머니는 젊게 보이셨는데 어느새 시할머님의 모습이 되고, 나는 그때의 시어머님의 그 모습이 되었다.

이 가을에 수확한 통통한 알밤이며, 대추며, 단감으로 함지박을 가득 채워서 겨울이 오기 전에 주위에 나눠주고 싶다. 마음을 더욱 풍요롭게 해주는 넉넉한 이 가을.

깊어가고 있는 가을은 함지박 같은 그런 마음으로 서로 살아갈 수 있었으면….

- 윤현수 〈함지박〉 중에서

어머니 혼자서는 문밖을 출입하기가 어려운 실정이라 지난해 봄부터 노인정도 못 나가시고 항상 집에서만 계시자니 오죽이나 답답하실까? 늘 누군가의 보살핌이 있어야 하는 어머니를 바라보면서 지금 내 처지로서는 이러지도 저러지도 할 수 없는 형편이라 그저 가슴만 답답하고 안타까운 심정이다. 그저 아무것도 해드릴 수 없는 내 자신이 원망스러울 뿐이다. 남들은 말하기 좋아서 요양원에 모시는 것이 좋지 않으냐고 하지만 나를 낳아 길러주신 어머니를 그곳으로 보내는 것은 손발이 멀쩡한 자식으로서는 도저히 할 짓이 아니라는 생각이다. 내가 조금은 힘이 들더라도 어머니 치매증세가 지금보다 더 심해지지 않는 한 내 집에서 계속 모시고 싶은 심정이다.

오늘 마침 날이 따듯하여 어머니를 목욕시켜 드리면서 깡마른 팔다리를 바라보다가 문득 그 옛날 어머니가 내게 떡국을 끓여주시려고 뒤울안 김치 광 지붕 이엉속에서 꺼내시던 바싹말라 비틀어진 흰 가래떡이 생각나서 잠시 눈시울을 적셨다.

- 류기학 〈흰 가래떡〉 중에서

세상이 급변하고 있다. 빠르게 변화하는 인간 삶이고 쫓아가기도 벅차다. 무엇이 옳은 삶인가. 판단하기도 쉽지 않다. 하루가 지나면 새로운 것들이 봇물처럼 쏟아진다. 내가 중심이 되는 세상에서 남이 중심이 되는 세상으로 변화하고 있는 것 같다. 길 것 같이 느껴지던 인생길이다. 하지만 요즘 들어서는 너무도 짧은 인생길이라는 것을 실감 한다. 세상은 나만 바라 봐 주지 않는다. 나라는 존재가 과연 남들에게 있기나 한 건가. 생각이 들 때도 종종 있다. 나는 없고 다른 사람들만 존재 하는 것 같은 착각은 왜일까.

- 김순길 〈입술에 노래를 담고〉 중에서

사람이 얻는 최고의 행복은 누군가와의 공감과 소통이 아니던가.

겉모습만 아름다운 사람은 한순간이지만 내면이 아름다운 사람은 호감을 주고 쉽게 변하지 않아 기억에서 잊혀지지 않는다. 명품 옷이 아니어도 나를 사랑하고 자신의 신체와 성격에 맞는 옷을 입고 말과 행동에서 품위가 있다면, 명품이 된다는 것을 배운다.

손님이 오지 않는 날은 허전한 하루를 보내기도 하지만 어서 빨리 서민 경제가 살아나길 바란다. 추운 이 겨울 몸과 마음을 따뜻하게 보낼 예쁜 옷들과 눈을 맞추며 오늘도 손님을 기다린다.

- 엄미정 〈옷과 사람〉 중에서

예전에 방황하던 시절이 있었다. 이 모래알처럼 수많은 인구 중에서 나라는 개체는 너무도 미약하여 없어도 되는 허무한 존재가 아닌가! 생활에 대한 동기의 부재가 원인으로 자신을 젖은 낙엽처럼 여기던 때였다. 그런데 오늘 노인으로 입문하고 보니, 한편으로 잉여의 삶이라는 생각이 누에 머리처럼 고개를 들어 올리는 것이 느껴진다. 목청을 낭비하는 잉여 인간의 서글픈 외침소리가 환청으로 들리는 것도 같다. 덤으로 주어진 할인과 공짜로 살아가야 할 잉여 인간.

삶은 살아야 한다. 삶은 순간의 연속이다. 그리고 삶은 계속 된다. 어떻게 살아야 할 것이냐가 방법이다.

- 황인복 〈할인과 공짜로 사는 삶〉 중에서

저 멀리 대청호 너머 흰 능선의 구룡리 산이 보이고 오후의 서녁 해는 짧게 드리웠다. 설원 위 발자국을 찍으며 걷노라니 뒷산의 능선에서 겨울바람에 흰 눈이 휘몰아쳐 묘한 풍경을 일군다. 역동적이다. 문득 작년에 보았던 진달래의 봄이 그려졌다. 등산로 저 능선을 걸었던 기억은 봄을 간직하고 있었다. 초록 위 능선에 진홍빛 레이스를 두른 봄을 서둘러 그리는 것은 욕심일까?

그리움은 이미 지난 기억의 흔적이다. 어찌보면 지난 삶을 떠나보내고 새 삶을 찾아가는 순환의 우리 모습이다. 시간은 흘러가고 저마다 크고 작은 사연을 간직한 인생의 참맛이 그리움 아닌가 싶다. 지난 흔적을 찾고 색채도 없는 쓸쓸한 바람 같은 삶의 집착을 벗고 그마저 버리려고 옛 기억을 떠올린다. 아니면 늘 그리던 것에 대한 구실 속에서 지금의 속박에서 벗어나 자유로움과 함께 하고픈 욕망인지 모른다.

- 김도환 〈내 안의 봄꽃〉 중에서

잊지도 않고 꼬박꼬박 먹는 것이 나이다.

열두 달이 가면 나이는 거리낌도 거칠 것도 없이 또 한 살 보태진다. 그렇지만 많아지는 나이가 싫어 새해가 되었어도 설날이 올 때 까지는 나이를 먹었다고 하지 않는다. 그러다 설날이 지나 한 살 더 얹히는 것도 썩 마음이 내키지 않는다. 아직 생일이 되지 않았으니 나이가 그대로라고 우겨댄다. 생일이 지나면 어쩔 수 없어 한 살이 늘어난다. 이것이 지난 몇 년 동안 내가 나이 먹은 계산법이었다.

이토록 짜게 나이를 먹었어도 올해는 생산가능 인구(15살~64살)에 턱걸이를 하고 있다. 올해가 지나면 일터에서 물러나야 할 나이 아닌가. 하기는 예순 다섯 살이 되면 책을 한 장 읽어도 그 뜻이 얼른 와 닿지 않아 또 봐야 이해가 된다고 한다. 불현듯 나이가 많다고 느껴지며 육십 줄에 들어 선지가 어제 같은데 세월은 알 듯 모르게 가버렸다.

- 최명환 〈나이를 잣대로 삼을 까닭은 없다〉 중에서

부족한 부모를 원망 않고 주어진 일에 최선을 다하는 아들처럼, 열악한 환경을 탓하지 않고 적응하며 꽃을 피우는 개망초를 보고 있자니 마음이 애잔해 진다.

개망초 꽃은 두 해만 살다가는 꽃이다. 작고 존재감 없는 소박한 꽃이어서 눈에 띄지도 않는다. 버려진 땅에, 희망을 놓아버린 땅에 지천으로 피어 다른 희망의 모습을 만든다.

부모가 좀 부족하고 스펙이 많지 않아도, 열심히 공부하고 땀흘리다보면 제 능력을 발휘할 날이 올 것이다. 개망초의 꽃말처럼 가까이 있는 사람은 행복하게 해 주고, 멀리 있는 사람들마저도 가까이 다가오게 할 수 있으리라.

어느새 텃밭이 환해졌다. 밭 가장자리에 흐드러지게 핀 개망초도 환해졌다.

- 모임득 〈개망초〉 중에서

귀뚜라미는 자기 영역을 주장할 때나 싸움을 할 때, 암컷을 유혹할 때 각각 음조를 바꾸어 다른 곡조로 노래한다는데 한결 같은 소리로 저리 우는 까닭은 무엇이란 말인가.

곱거나 예쁘지도 않은 귀뚜라미를 애완용으로 기르는 사람들이 있다. 청아한 그 울음소리에 반해서 일게다. 온통 집안이 귀뚜라미천지로 거실을 활보하다가 저녁이 되어야 제집으로 들여보낸다나. 집 안 온도는 항상 20도를 유지하고 귀뚜라미 밥 주기에 2시간 이상을 공을 들인단다. 귀뚜라미들이 좋아한다는 쌀밥을 귀뚜라미 전용 밥그릇에 담고, 물그릇까지 따로 마련하여 대령해 준다니 웃지 않을 수 없다. 이렇게 애지중지 정성을 다해도 3개월밖에 살지 못한다고 안타까워한다. 매일 밤 그는 귀뚜라미 소리를 들으며 하루 일과를 정리한다고.

- 박영자 〈귀뚜라미 소리〉 중에서

마중물 같은 사람이 되고 싶다. 무엇을 바라며 기다리는 게 아니라 먼저 달려가 두 손 꼭 잡고 보듬어 주는 가슴 뿌듯한 의미가 담긴 삶을 살고 싶다. 세상을 위해 세상이 환하게 웃을 때까지 내 소중한 것을 몽땅 주고 싶다.

오늘도 넓은 들판 같은 마음으로 이 세상 모두를 위한 마중물이 되고 싶다.

- 김영한 〈마중물〉 중에서

명품인생이 되고 싶은 마음은 누구나 갖는 소망이요 희망이다. 그저 명품가방을 소유하고 있다고 해서 명품인생이 되는 것은 아니리라. 명품인생이 되기 위해서 우리는 수많은 눈물과 피땀을 흘려야만 명실상부한 최고 인생이 되는 것으로 생각한다. 왜냐하면, 명품가방 속엔 그것을 만든 사람의 혼이 담겨있고 처절한 노력이 녹아있다. 하루아침에 그것이 만들어지고 전 세계인의 입맛에 맞게 되었을 리 없기 때문이다.

- 김정자 〈명품가방〉 중에서

물새가 노닐던 바위에 앉아 흐르는 강물을 하염없이 바라본다. 그리던 고향의 강은 아니지만 흘러가는 물길을 보면, 어느새 무거웠던 마음의 빗장이 사르르 풀린다. 가슴 가득한 그리움도, 응어리진 서운함도, 춘풍(春風)에 녹아내리는 잔설처럼 사라져 평온한 마음이 되곤 했다.

그리움이 커지면 서러움이 된다고 했던가. 흐르는 강물을 바라보면 늘 그리운 고향 주천강이 내 안으로 들어선다. 떠올리기만 해도 미소가 지어지는 아름다운 추억도, 내 곁을 떠나 다시는 볼수없는 그리운 얼굴들도, 물위에 아른거리다 사라져 버린다.

- 변종호 〈내 마음에 흐르는 강〉 중에서

여건은 맞지 않으면서도 욕심도 부려보고, 흐느적거리며 실망하던 세월이 너무도 아깝게 흘러갔다. 이룬 것, 못 이룬 것 밀려간 추억 끝에 노을 빛이 스미는데 흐르는 세월은 발길을 재촉한다. 무거운 발길로 법당을 찾아가던 때가 어제 같은데 벌써 졸업이란

다. "참된 나를 찾는가? 쌓아 가는 것이 아니라 버려 가는 것이 수도다" "삶의 무게에 짓눌리어 쓰러지는 한이 있어도 무릎은 꿇지 않겠다는 각오가 있는가" 스님의 법문은 아직도 귀를 울린다.

불교대학 졸업 안내장에 개근상 수상자로 내 이름이 올라있다. 반가운 마음보다는 마지막 개근상 같아서 씁쓸함이 웃음을 만든다. 내가 단골로 받는 상이 개근상인데 이제 마지막이 아닐까. 저 종소리를 따라가면 불멸의 세상이 올 것도 같은데 어디에 찾아가면 또 개근상을 탈까.

- 이재부 〈노을빛 종소리〉 중에서

그날 우리는 눈이 하얗게 덮인 법주사를 돌아보며 기념사진을 찍었다. 앨범에 끼워있는 노랗게 퇴색된 사진, 높을 고(高)자를 단 교모와 검정색 교복, 그리고 양 손에 든 약 보따리가 그 날의 전설을 증언해 주고 있다.

조개 안에 모래알이 들어가면 조개는 그로 인한 손상을 막기 위해 생명의 진액을 분비해서 감싸고 또 감싸는데, 이렇게 해서 만들어진 것이 진주라고 한다. 열여섯 어린 나이에 소설을 쓰겠다며 나섰던 거지 체험의 길, 그 무모하고 혹독했던 길이 내 생애에 진주 같이 빛나는 추억의 길이 되었다.

- 유인종 〈눈 오는 날엔 소설을 쓴다〉 중에서

삶의 능선에서 힘들어 절망하고 아파하는 내 마음을 어찌 알고 찾아와 식물이 자라는 과정으로 아픔을 어루만져주며 내 눈물을 닦아주고 위로와 격려로 용기를 주나.

나무가 자라는 동안 옹이와 나이테가 만들어지는 과정은 삶이다. 전에는 거실바닥에 깔린 모노륨의 옹이와 나이테가 지저분하게 보였었는데, 옹이가 만들어지는 과정을 본 후부터는 옹이의 모양이 고풍스러운 무늬로 보인다.

옹이가 만들어질 때는 또 얼마나 소리 없이 고통을 호소했을까? 하지만 힘들다고 그 자리를 떠났더라면 오늘의 위풍당당한 모습은 없었겠지.

이 모든 아픔을 겪고 나서야 건축가의 손에 들려지는 것이리라.

- 김은혜 〈옹이〉 중에서

지나간 것은 웃음이든 눈물이든 다 안타까운 그리움이다. 흐르는 시간은 몸의 변화를 가져오고 마음을 흔든다. 잡초만 무성한 이곳 폐사지에는 어떤 청량음료로도 해소되지 않는 진한 갈증 같은 그리움이 있다.

코가 깨지고 옷이 찢기어진 채로 천년을 웃고 있는 저 석상의 미소는 모든 것을 알고 있는 듯 아무것도 모르는 듯 그렇게 침묵하고 있다. 사람이 그리워 천년의 기다림으로 돌에서 깨어나 웃고 있다. 석상에 온기를 불어 넣어 주고 싶다. 석상의 미소도 쓸쓸한 폐사지, 석탑 아래로 불어오는 바람에 내 흐르는 눈물을 맡겨 본다. 도톰하던 여름 해는 다 소진되고 속살이 비치도록 얇아진 가을햇살이 내려앉는다.

- 김용례 〈폐사지의 그리움〉 중에서

인간뿐만이 아니라 세상 만물에는 영원한 것은 없는 법인가보다. 만남의 기쁨이던 이별의 슬픔이던 한때의 소중했던 시간들이, 우리들의 삶에 아름다운 추억으로 남는다면 그것이야 말로 보람이 아니겠는가. 그래서 우리 인간의 삶 가운데 세 가지 진리의 고사성어로, 제행무상(諸行無常), 회자정리(會者定離) 원증회고(怨憎會苦)가 있다. 즉 우주만물은 항상 한 모양으로 머물지 아니하고, 만나는 사람은 반드시 헤어짐의 운명이 있으며, 원망하거나 미워하는 사람과도 만나서 함께 살아야만 하는 진리가 아닌가.

- 홍재석 〈민들레의 예찬〉 중에서

땅을 기어 옆으로 번지며 자라는 쑥도 올곧게 자라는 삼밭에 심으면 따라서 곧게 자란다는 뜻으로 삼밭에 쑥이라 한다. 그 여인도 장꾼들이 모여 사는 환경에서 선비 댁으로 시집가서 특별교육은 물론 성형도 없었지만 외모와 사고思考까지 딴 사람이 되었다. 자녀들에게 영어, 수학 심으려고 고액 과외 지도하는 것은 흔히 볼 수 있지만 자녀환경을 위해 삼밭 같은 분위기 조성해서 키우려고 고액 투자하는 부모는 볼 수 없어 안타깝다. 가정이 삼밭이면 거액 과외가 필요할까? 어려서부터 자연스레 가족이 함께 책을 들고 앉으면 따라서 책을 들 수밖에 없으며 예습, 복습에 익숙할 터이다.

- 오계자 〈삼밭에 쑥〉 중에서

여자란, 요리와 바느질, 손으로 하는 솜씨가 좋아야 예쁜 딸을 둔다고 했다. 꽃꽂이, 지점토, 박 공예, 마사지까지 손으로 하는 일이라면 무슨 일이건 흉내 낼 수 있는 것은 잠재해 있는 손재주가 내게 있었나 보다.

요즈음은 천연 화장품 만들기를 즐기는데 천연의 향으로 쌀겨와 깻묵을 이용하여 마스크를 만들어서 발라보고, 남에게 선물을 하면은 좋아하는 모습이 보기 좋다.

손은 마술사처럼 무엇이던 연구하고, 임상하고, 먹거리 만드는 재미를 느끼게 해주니 얼마나 감사 한가.

- 이진순 〈동짓달 긴 밤에〉 중에서

어머니도 한 그루 나무라는 생각이 들었다. 꽃을 피워 향기가 날 때는 나비도 날아오고 사람들의 발길도 끊이지 않았다. 꽃잎이 시들고 쳐다보는 이 없어도 나무는 소리 없이 잎을 틔워냈다. 필요한 이들에게는 넓은 그늘도 만들어 준다. 나무 밑에 앉아 있으면 마음이 평온해 진다. 등을 기대면 더욱 좋다. 등걸로 남더라도 더 주고 싶은 것이 어머니의 마음 아닌가 싶다.

다 진 줄 알았는데 바람결에 꽃잎 하나가 눈물처럼 떨어졌다. 손에 쥐어 봤다. 꽃잎이 작다. 어머니의 뒷모습을 보는 것 같다. 많은 자식들이 있어도 정을 붙일 곳은 텃밭뿐인 어머니.

- 조영의 〈꽃잎〉 중에서

어디에선가 날라 온 송화가루는 창틀에 노오랗게 내려앉았고 방구석에도 책상위에도 흩뿌려지듯 내려앉아 공기가 움직이면 가볍게 따라 움직이고 있었다.

콧김이 닿아도 송화가루는 움직였고 손바닥으로 바람을 일으켜도 노오란 가루는 움직였다. 미세하나 벌레가 기어 다니는 것처럼 여럿이 한꺼번에 뭉쳐 옮겨 다니는 것은 마치 발 달린 곤충의 작은 새끼가 살아보겠다고 약삭빠르게 움직이는 것과 같았다.

나는 아주 작은 송화가루가 바람에 날려 움직이는 것을 보고 생명의 신비를 깨달았다. 물론 송화가루는 제 스스로 움직일 수 있는 생명체는 아니다. 바람을 타고 움직이는 송화가루는 소나무를 뿌리내리게 하지도 못한다. 다른 꽃씨는 직접 새싹을 눈트게 하지만 송화가루는 그저 가루일 뿐 새로운 생명을 잉태해서 소나무를 키워내지 못한다.

- 이현숙 〈송화 가루와 소쩍새〉 중에서

주는 손과 따뜻한 손만이 아니라 받는 손과 앙상한 손에도 아름다움이 있다. 홀로 사는 노인들에게 반찬을 나누어주는 아내를 따라나섰다. 오랫동안 만나 뵙지 못한 안나 할머니의 안부가 궁금해서였다. 우리 내외를 반갑게 맞는 할머니는 내 건강을 걱정해주시면서, 당신도 눈이 흐려져 성경을 볼 수 없다고 안타까워하신다. 구순을 바라보는 할머니의 차갑고 메마른 손을 꼭 잡은 내 손이 아직 따뜻한 것에 감사한다. 돌아서는 길에 아내는 할머니 댁 앞마당에 벚꽃이 만개했다고 전해준다. 문득, 스쳐지나가는 바람에 휘날리는 꽃의 미련 없는 이별을 바라보며 가슴이 뭉클했던 순간이 떠오른다.

- 최용규 〈손(手)〉 중에서

삶이란 내가 살고 있는 것인지, 살아지는 것인지 조차 모르고 지금 이 순간도 달려가는 세월의 차에 실려서 가고 있습니다. 언제인지 알 수는 없지만 나만의 종착역이 따로 존재한다고 생각하니 마음이 바빠지면서 순간을 의미 있게 살아야겠다는 생각을 하게 됩니다.

물건이야 더 사용할 수 없으리만치 알뜰히 사용하고 버려야겠지만, 진정으로 버려야 할 것은 이렇게 마음속에 쌓이는 탐욕의 쓰레기인 것을요.

물건은 알뜰히 사용하여 쓰레기양을 줄이고, 마음의 쓰레기는 깨끗이 버려야 더 큰 것을 얻을 수 있다는 진리를 오늘 분리수거를 하며 다시 생각해봅니다.

- 이영희 〈버려야 할 것〉 중에서

풍경을 남들보다 좋아한다고 자부했는데 그것 또한 말뿐인가 보다. 맑고 은은한 종소리가 좋아, 아니 공중에서 물고기가 노니는 것이 좋아 박물관에서 작은 풍경을 집으로 데려왔다. 안방 테라스 지붕 끝에 달아놓고 허구한 날 물고기가 날기만을 기다린 적도 있다. 풍경이 소리를 내야만 그의 진가를 알기 때문이다.

다시 바람이 인다. 여러 마리의 물고기가 느리게 춤을 춘다. 물고기들이 군무하는 듯 신기한 광경을 하나하나 톺아보느라 긴 목이 더 길어진다. 목이 뒤로 젖혀져 아픈 줄도 모른다. 물고기는 물속에서 살아야만 하는 생물이다. 그런데 풍경에 달린 물고기는 종의 추에 허리가 매여 꼼짝을 못하는 것처럼 보이나 실상은 아니다. 물속을 떠나 공중을 나는 물고기는 어찌 보면 열반을 든 자유로운 영혼인 듯싶다.

- 이은희 〈팔상전 풍경〉 중에서

과부는 구슬이 서말이어도 홀아비는 이가 서말이라는 옛 속담이 실감이 난다. 어머니가 계실 때에는 깨끗하기만 했던 방안은 흙 묻은 아버지의 작업복 때문에 버적버적하고 지저분하다. 주방의 냄비는 땅꾼들이 밥할 때 끄실러 놓은 것처럼 모두 다 검게 타있다. 국을 데운다며 얹어놓고 밖에 일로 깜박 했다고 하시는데 집에 불이 안 난 것이 천만 다행이다.

그 전에 넓게 여겨졌던 앞마당은 지저분한 나뭇가지와 토막들로 좁혀져있다. 요즘 세상에 누가 불을 때겠냐마는 알뜰하시기에 땔감으로 쓰기위해 주워 오신 것이다. 어머니가 계시면 못하게 하시는데…. 어디서부터 치워야 되는지 '어머니의 자리가 이렇게 큰 것을…' 생각하며 실내 청소부터하기 시작했다. 집안 청소를 하고나니 사람 사는 집 같다. 아버지가 계시지만 어머니가 안 계신 친정집은 너무나도 쓸쓸하고 어머니를 생각하니 눈시울이 뜨거워진다.

- 조경숙 〈어머니의 빈자리〉 중에서

사람은 누구나 가슴에 성(城) 하나씩 쌓으며 살고 있지 않을까. 나는 여태껏 내 마음에 어떤 성(城)을 쌓으며 살아왔을까. 그 성(城) 안엔 무엇을 가득 가두었을까. 새삼 자신을 되돌아본다. 아마도 나는 아내로서, 어머니로서 가족에 대한 헌신과 희생이 인생의 최고의 성(城)인양 간주하며 살아온 듯하다. 일상에 떠밀려 겸양(謙讓)과 덕(德)을 쌓기보다 하루하루 그 안에 가족에 대한 관심과 사랑만 하늘 높이 쌓지 않았나 싶다. 나 자신을 돌아볼 겨를 없이 단단한 껍질의 그 성(城) 안에 갇혀서 우물 안 개구리처럼 우매한 일상을 보냈다고나 할까.

- 김혜식 〈가슴으로 쌓는 城〉 중에서

열심히 살아왔다고 스스로 자문하지만, 좀 더 사람냄새가 나고 이익을 추구하기에 앞서 인정 많게 살지 못했음을 자각해 본다. 나로 인해 남에게 피해 주지 말자. 내가 피해를 받을 진대, 다른 사람의 마음을 아프게 하지 말자. 작은 소리로 나에게 자문해 보며 오늘도 살아간다. 식사 한번 제 끼니 때에 먹어보지 못하고, 직업이 만들어준 간이역이 우리의 휴식시간이요, 숙명처럼 귀가시간은 언제나 겨울 밤거리처럼 쓸쓸한 늦은 밤이었다. 번쩍이는 광선처럼 전철역을 통과하며 영화의 한 장면처럼 손을 흔들던 멋진 단골손님, 보고픈 사연 그리운 추억들이 아침이슬처럼 잠깐 머물다 날아가는 파랑새처럼 스쳐간다. 힘겨운 나와의 싸움에서, 새벽시장에서 본 물건으로 우리 집을 찾아온 손님이 맛나게 잡수실 때에 나의 고통 나의 힘겨움이 눈 녹듯이 사라지고, 내일은 내일의 태양이 뜨듯이 어김없이 난 새벽을 깨운다.

- 趙順姬 〈새벽시장〉 중에서

달팽이가 하루라도 보이지 않으면 혹시 죽은 건 아닌지 살펴보게 된다. 다시 나타나면 은근히 반갑기도 하다. 지금은 제법 커서 이동하는 속도가 조금은 빨라졌다. 제멋대로 돌아다니며 여기에 붙었다 저기에 붙었다 하는 걸 보면 연약하면서도 열악한 환경을 극복하는 끈질긴 생명력이 감탄스럽다. 반신욕을 끝내고 나면 겉절이용으로 남겨둔 배추 한 통 물에 담가 달팽이에게 주어야겠다. 푸릇한 잎사귀 속에서는 숨쉬기도 한결 편안해질 터이고 태생지에 대한 그리움도 다소나마 희석되지 않을까 싶다. 몇 달만 견뎌준다면 햇볕 따스한 날, 한겨울 객식구였던 달팽이를 싱그러운 잎사귀 가득한 봄밭으로 데려다 주련다. 누구나 산다는 것은 끊임없이 경험하는 것이다.

- 정명숙 〈객식구〉 중에서

5월은 햇빛, 꽃빛, 산빛 모두가 밝고 찬란하다. 그러나밝음이 강하면 그만큼 드리운 그늘도 짙게 마련이다. 아직은 따뜻함이 더 필요한 때 나도 모르게 만들어낸 짙은 그늘로 인해 한기를 느끼는 이들은 없는지 돌아볼 일이다.

어느 날 문득, 거실 문갑 위에 올려놓았던 화초들이 이파리를 쪼르르 창가로 향해 고개를 빼고 있는 모습이 눈에 들어왔다. 오전 한나절도 채 머물지 못하는 그 짧은 동안 스쳐지나가는 한 줌 햇살에 온몸을 기울이고 있다. 따뜻함을 받아들이며, 삶을 이어가려는 여린 잎에 애잔한 눈길이 가 머문다. 닫혀 있는 날이 더 많은 빈 집에서 이따금씩 환기를 위해 열어 놓은 창문을 타고 들어오는 한줄기 바람에 감격한 듯 파르르 이파리를 흔드는 생명체의 몸짓이 눈물겹다.

- 김윤희 〈5월의 빛〉 중에서

기억은 모든 것을 추억할 수 없지만 추억은 모두를 기억하나 보다. 일상을 일탈하고자 떠나왔는데 의식 속엔 지나온 삶의 추억들이 그들을 기억하고 있었다.

드넓은 만주 벌판이다. 7월의 벌판은 푸르다 못해 검푸른 파도처럼 물결친다. 그 중에서도 인상적인 것은 끝없이 펼쳐진 옥수수 밭인데 바람이 불 때마다 그들은 흔들리고 있었다. 그런데 어찌된 일인지 시간이 흐를수록 그 흔들림은 옥수수가 아닌 벼 포기의 흔들림으로 바뀌어 갔다.

분명 여름인데 나의 의식은 고향의 가을 들판으로 달려간다. 논둑엔 콩 포기가 촘촘히 심겨져 있고 벼들이 황금물결로 출렁거렸다. 어린 소녀로 다시 태어난 나는 메뚜기를 잡는 동네 아이들을 따라 다닌다. 여기저기에서 메뚜기를 쫓는 아이들의 부지런한 손놀림과 달아나려는 메뚜기들의 발버둥 소리로 그득하다.

- 홍성란 〈메뚜기〉 중에서

호박을 싫어하는 사람은 아마 없을 것이다. 먹거리로서의 호박은 물론이고, 시골 텃밭이나 담장에서 꽃을 피우고 힘겨운 열매를 맺은 뒤, 서리가 내리면 힘차게 뻗어 가던 줄거리가 힘 없이 말라죽는 호박의 생애를 경멸하는 한국인도 없을 것이다. 호박은 우리 한국인의 아내를 닮았기 때문이다. 생명력, 맛, 넉넉함, 소망, 베푸는 정이 윤기 흐르는 등황색의 단단한 껍질 속에 들어있기 때문이다.

거실에 앉아 잘 익어 등황색으로 윤기 흐르는 호박을 바라보고 있노라면 나는 아내의 분신으로 온 집안을 가득 채운 듯한 넉넉한 마음이 된다.

- 이방주 〈호박같은 아내〉 중에서

전에는 점심 한 끼도 담소를 나누며 여유 있는 식사였건만, 이제는 하숙생처럼 주면 먹고 안주면 스스로 찾아 먹어야하는 서러움을 맛봐야 하는 현실, 돌멩이도 위에서 떨어지면 강도가 더 세듯 직위가 높은 만큼 그 허망함도 더한 법, 명예도 권세도 영원하지 않다. 어느 시점에 와서는 빌려 입던 옷도 되돌려 줘야 하듯, 본연의 자기 모습으로 돌아간다. 인생의 깊은 곳에 사색의 닻을 내려 마지막 황혼의 삶을 더 의미 있고 값지게 만들어가는 훈련을 펼쳐 나가야 되지 않을까. 35년이란 세월이 유수처럼 흘러갔다.

- 연숙희 〈황혼의 서녘〉 중에서

바둑으로 얻는 것은 또 있다. 좋은 친구를 얻을 수 있고, 마음의 깨달음을 얻을 수 있고, 사람들과 절친할 수 있으며, 하늘의 명대로 살 수 있으며, 삶의 자양분이 되는 교훈을 얻을 수 있다. 옛 부터 격언으로 내려오는 기도오득(棋道伍得)이다. 바둑은 필시 영토를 놓고 치열한 승부를 되풀이 하는 싸움인데도 이렇듯 얻는 것이 많으니 이 또한 바둑의 신묘함인 듯하다.

바둑의 진수와 진정한 묘미는 수담에 있다. 좋은 친구와 마주 앉아 여유롭게 놓는 바둑돌 소리와 손놀림만으로도 뜻을 나눈다. 승부를 초월하여 흑과 백의 단순함 속에서 천변만화의 이치를 깨우치고 인생의 멋진 그림을 그리며 의기투합하는 것이다.

- 류귀현 〈바둑〉 중에서

아름다운 자연이 살아 숨 쉬는 고즈넉한 풍경, 산새가 지저귀는 계곡에서 발원된 냇물이 마을 앞까지 졸졸 내려온다. 고향산천 양지바른 중턱에 봄이 돌아오면 동백꽃이 노랗게 피어 온 마을에 봄소식을 전해준다.

겨울이 지나고 봄을 알리며 노랗게 피기 시작하는 꽃은 생강나무꽃이다. 이름하여 동백꽃이라 불렀던 어린 시절이 아련하다. 첫눈에 보이는 꽃인지라 얼마나 아름다우랴. 어머니께 벌써 동백꽃이 예쁘게 피었다고 자랑 하려고 단숨에 동백나무 곁으로 달려갔다. 꽃나무가 보기보다 크니 작은 키에 만만치를 않았다. 나무에 대롱대롱 매달려 휘어잡아 보려하여도 손끝이 닿지를 않는다.

- 조순희 〈생강나무〉 중에서

지난 이야기는 다 전설이 되고, 징그런 세월도 아름다운 날들이 되었다. 아련하고 따스한 기억의 한 자락이다. 모든 생명 붙이들과 나눠 먹으며 함께 더불어 살았던 참으로 자연스러운 가뭇한 지난 세월이 우리네 게는 있었더랬다.

그리워한 것도 아닌데 옛 추억이 천장 속에서 '토다닥' 기척해 와 옛이야기 조곤조곤 들려준다. 혼자서도 싱그레 웃음 지으며 마치 무언가 흔들어 깨워 어릴 적 시간과 공간을 오갔다.

나이 듦이 그지없는 여유로움을 선사한다. 혼자 조용히 머무는 불안함도 감미롭게 느껴지는 시골집의 평안함이다. 새 짚으로 노랗게 지붕인 새뜻한 초가삼간에 누워 아름다운 현을 건드린 듯 고요히 밤이 깊어가고 있었다.

- 최화순 〈耳順 선물〉 중에서

40여 년 만의 재상봉이다.

순백의 소년시절, 고향 마을에서 냉랭한 모습으로 멀어져간 꿈의 표상. 가슴깊이 간직되어 있던 그 소녀를 첫사랑이라 부를까. 아니 혼자서만 애를 태웠으니 짝사랑이라 할까. 지금의 그 여인이 내 앞에 서있다. 잊고 살아온 세월은 그렇다치고 어렵사리 전화통화까지 이루어지고도 세 해를 더 넘긴 후에야 이루어진 만남이다. 오늘을 내 인생에 다시없을 축제의 날이라 할까.

- 박영수 〈망초꽃 핀 언덕〉 중에서

한이 먹빛처럼 짙겠지만 아버님의 사진을 바라보는 어머님의 표정만은 젊은 새댁이었던 40여년 전과 조금도 달라진 게 없는 것 같이 느껴질 때가 종종 있었다. 어머님 가슴에 남아 있는 남편은 항상 젊은 모습으로 아버님을 그리고 계셨을 테니 어머님께서 어떻게 할머니의 마음이 되실 수 있겠는가.

가끔 아버님의 사진을 쳐다보시는 어머님의 눈길은 그래서 젊고 생기가 돌고 있는지 모른다. 추석 때 차례를 지내고 아버님의 성묘 길에 나서면서도 그런 어머님의 수줍은 마음을 읽을 수 있었다.

- 류경희 〈어떤 사진〉 중에서

16. 서두 쓰기

1) 머릿글은 어떻게 쓸까?

우리는 결혼을 하기 전에, 누구나 첫선을 보게 됩니다. 이때 제일 먼저 그 사람의 외모를 따집니다.

즉 '첫인상'이지요. 물론 중매인에 의해 그 사람의 인품이나, 가정에 관하여는 개략적으로 알고 있게 되면 다소 느낌은 달라질 수도 있겠습니다. 그렇지만 상대방의 인상을 따지게 됩니다.

대개는 첫인상이 결혼의 성패가 좌우되는 경우가 많습니다.

수필에 있어서도 서두는 그만큼 중요하다고 볼 수 있습니다.

서두를 통하여 작품의 내용을 감지할 수 있는, 함축된 의미전달이 내포되어 있거나, 독자를 끌어들일 수 있는 흥미의 유발이 담겨 있어야 합니다.

그러므로 작품의 서두는 갈증 난 독자들에게 신선한 한 모금의 물이 되어야 하고, 아무도 걷지 않은 하얀 눈 위를 걸어가고 싶은 아름다움과 순수함이 배어있어야 합니다.

때로는 바닷가의 백사장 위로 파도처럼 밀려왔다가 밀려가는 아쉬움으로 남아 있거나 어린 시절의 산울림처럼 기억에 맴돌게 함이 중요합니다.

서두의 다섯줄 정도가 독자의 마음을 이끈다는 것을 명심해야 합니다. 즉, 남다른 서정성과 문장의 표현으로 관심을 유발할 수 있고 감칠맛 나게 함입니다.

서두의 방법은 다양합니다. 금언을 인용하기도 하고, 소설적 기법으로 의문점을 제시시킬 수도 있습니다. 그렇다고 억지로 주제에 맞지도 않는 엉뚱한 문장을 인용함은 오히려 어색하게 됩니다.

글은 언제고 서론, 본론, 결론의 3단식으로 나누어집니다. 또한 기, 승, 전, 결의 4단식의 짜임으로 이어나가고 있습니다.

머리(起), 중심(承,轉), 끝(結)으로 이에 맞는 전개로 글을 써 나갈 때 어색함이 적습니다.

이철호 수필가는 수필평론의 이론에 대입시켜 몬로(H.Monroe)의 방법이라며 5단계 구성법으로 나누고 있습니다.

1) 주위 환기 단계,

2) 필요성 제시 단계,

3) 필요 충족 단계,

4) 구체화 단계,

5) 행동 유도 단계

우리는 어떤 사건이 발생되었을 적에 보다 정확한 글을 써야 합니다. 글을 쓸 적에는 일반적으로, 여섯 가지 원칙에 따르게 됩니다.

〈여섯 가지 원칙〉

* 언제

* 어디서
* 누가
* 무엇을
* 왜
* 어떻게

순서에 입각한 내용으로 적습니다.

이는 독자들이 쉽게 이해가 되게 하기 위한 글의 형식에서 온 것입니다. 그러나 와트(Watt. W.)라는 사람은 어떤 글이던지 서론, 본론, 결론을 갖추어야 한다는 공식의 노예가 되었다면 이의 속박에서 벗어나라고 주장하기도 하였습니다.

작품의 구성은 형식을 따르지 않는다 할 때, 산만성을 배제할 수 없게 되므로 이는 작가가 나름대로 생각해 볼 문제가 아닌가 합니다.

오창익 교수는 서두의 형태를 다섯 가지로 분류하였습니다.

첫째, 순차적 또는 단순구성에서는 대개 완만하거나 겸손한 서술체의 문장.

둘째, 비평, 철학적 수필의 경우는 제목과 유사하거나 제목이 시사하는 내용을 담은 문장.

셋째, 교훈 문학적 수필에서는 명구를 인용하거나 논지 결론부분의 문장.

넷째, 신변 성격묘사 등 문학적 수필에서는 대체로 글의 중심을 이루는 사상이나 감정의 정수를 직설적으로 하지 않고, 은유적으로 처리하는 하는 경우가 많다.

다섯째, 담화, 서간, 사실적 수필의 경우다. 이 경우는 대개 대화자

작중인물의 이름이나 특징 또는 사건의 요체가 서두에 정리하고 있다.고 들려주고 있습니다.

김은전 님은 11가지로 제시하고 있습니다.

① 동서고금의 명문구나 격언 유명한 사람의 말을 인용함.
② 때와 장소의 제시.
③ 의문문
④ 대화.
⑤ 정의.
⑥ 글 전체의 주제 제시.
⑦ 현재의 심경이나 일상생활의 체험서술.
⑧ 최근에 일어난 사건이나 사회의 이목을 끄는 화제의 소개.
⑨ 두 가지 사물의 비교나 대조.
⑩ 역사적 사건이나 고사(故事).
⑪ 결론의 제시

이와 같이 서두를 여러 가지 방법으로 표현하여 독자들의 관심을 끌게 합니다. 작가의 나름대로 기법이라고도 하겠습니다.

윤오영 수필가 님은 수필 입문에서는 이렇게 일러주었습니다.

'안개같이 시작해서 안개같이 끝나는 글은 가장 높은 글이요, 기발한 서두로 시작해서 거침없이 나가는 글은 재치 있는 글이요, 간명하게 쓰되 정서의 함축이 있으면 좋은 글이다.

그 어느 것을 취하든 느낀 동기에서 선명하게 붓을 들면 큰 실수는 없다.'

이렇게 문장을 쓴다면, 참으로 멋진 서두가 되겠지요. 옛말에 시작이 반이라고 했듯이 서두쓰기가 그만큼 중요합니다.

저의 경우는 서두가 잘 떠오르지 않으면, 우선 소재와 주제를 맞춰서 문장을 이끌어 갑니다. 그런 후에 적합한 서두를 이끌어 대는 예도 종종 있습니다.

글을 다 쓰고 난 후에도 주제와 연결되게 위의 방법(11가지 제시)를 기억함이 좋겠습니다.

글의 서두는 독자들에게 첫선을 보인다고 생각하고, 고심해서 이끌어 가기바랍니다.

2) 수필 서두 쓰기의 실제

서두를 어떻게 쓸 것인가.

글을 쓸 적에 고심을 하는 부분입니다. 첫 문장이 그 작품의 성패를 좌우한다고 해도 과언은 아닙니다. 이는 그만큼 서두가 중요하다는 뜻에 입니다.

서두는 작품에 있어서 첫인상을 나타내는 치장이라고 하겠습니다. 사람도 어떻게 치장을 하였느냐에 따라 그 모습이 달라져 보이게 되듯이, 수필에 있어서도 서두는 작품의 결미 못지않게 중요함을 잊지 말아야 합니다.

〈서두의 예 1〉

「한국수필」 문학지에, 공동으로 발표된 주제 : '그리운 금강산'

작품 20편 중에서 서두의 몇 편을 살펴보았습니다.
〈발표: 99년 8월호〉

* 조경희 (전 한국수필가협회 이사장)

금강산은 네 번을 가봐야 한다고 한다. 봄의 금강산, 여름의 봉래산, 가을의 풍악산, 겨울의 개골산 또는 설봉산을 보아야 비로소 금강산을 보았다고 할 수 있다는 말이다.

나의 이번 금강산 등정은 두 번째 길이었다. 첫 번에는 여학교 시절 수학여행을 금강산으로 갔다. 그때 찍은 사진에 여름 교복을 입고 있는 걸로 보아 그때도 여름이었던가 싶다. 이번에도 유월 초하루였으니까 초여름이라 할 수 있다.

* 김영배 수필가

반세기 동안 막혔던 남북의 문이 이제사 열려오나보다 생각하면 꿈만 같다.

지난해 정주영씨가 불편한 노구로 소 떼를 몰고 판문점을 넘어갈 때, 나는 목이 메어 울었다. 그리고 '차라리 소가 되어 고향으로 가고 싶다'는 실향민의 한을 시로 쓰며 다독였다.

* 최은정 수필가

천선대에 오르니, 환청의 소리가 울려 퍼진다. 동편제의 장쾌한 성음이 등등한 기세로 웅장하게 귓전을 때린다. 내지르는 상성이 맑은 공기 속에 귀곡성 같다. 기상이 넘쳐흐른다. 나는 지금 신의 정원에 온 것이다. 아~ 하면서 넋을 놓았다.

* 김영웅 수필가

나는 오늘 코앞의 우리 땅, 통일전망대에서 망원경으로만 내다보며 그리워하던 산을 찾아 떠나는 것이다. 금강산 일만이천봉, 말로만 듣던 그 모습을 이 눈으로 보려는 것이다. 무슨 외국여행이랍시고 출국수속에 준하는 절차를 밟고서야 유람선 봉래호에 승선할 수 있었다. 여행객들은 모두 머나 가까우나 어디론가 떠날 대는 항상 뒤숭숭하고 들뜬 기분이다. 원색차림의 복장에다 여행용 색을 메고 일행끼리 떼지어 웅성거린다. 나도 그들 틈에 끼었더니 기대에 부풀어 괜히 초초하다.

* 김영월 수필가

물이 흐르는게 아니라 구슬이 굴러가고 있는 듯한 옥류동 계곡에 취하여 발길을 재촉하다보면 마침내 구룡폭포가 굉음을 쏟아내며 우람한 모습을 드러낸다. 폭포를 한눈에 바라볼 수 있는 전망대가 따로 있지만 나는 굳이 아래쪽으로 내려가 폭포의 얼굴을 좀더 가까이 보고 싶었다. 미끄러운 바위를 조심조심 딛고 폭포물이 검푸레한 빛깔로 고여 있는 소(沼)에 이르니, 안개 같은 물보라가 얼굴과 땀으로 끈적거리는 양팔의 살갗에 달라붙는다.

* 신진탁 수필가

온정리 어귀의 삼거리에 남동으로 열린 비포장 길은 해묵은 아름드리 미인송이 험준하게 겹쳐진 능선으로 따라간다.

가쁜 호흡을 쉬듯 완만해지는 남강(적벽강)이다. 그 옛날 신계사 옆 봉전천까지 수많은 연어 떼가 몰려와 어부들이 인산인해를 이뤄 스님들조차 마음을 모으기가 어려울 정도였다고 한다.

* 노옥식 수필가

볼수록 아름답다는 금강산 일만이천봉을 찾아가는 길이다. 그렇게도 보고 싶고 그립던 금강산임에도 긴장감을 떨쳐 버리지 못해서인지, 장전항에 배가 닿고도 감회를 느끼기보다는 불안한 마음이었다. 남북이 대치하고 있는 냉엄한 현실 탓일까? 이곳에 첫발을 내딛는 순간부터 등골이 오싹함을 느꼈다. 곳곳에 무장 차림을 한 감시병들이 눈에 뜨이기도 했지만, 금기사항 역시 너무도 기가 막혔다.

* 김희숙 수필가

이른 아침 봉래호는 무사히 동해항에 닿았다. 육지와 나란히 정박해 있는 여러 척의 배를 바라보면서 나는 쓸쓸하기만 하던 북한의 장전항을 생각했다.

새벽부터 갑판에 올라가서 응시한 북한 땅은 부연 안개 속에 잠겨 있고 항구에서는 조그만 작업 배가 몇 척 눈에 띌 뿐. 조용하기 그지없다. 그곳에서는 사진을 찍을 수도 망원경을 사용할 수도 없었다.

〈서두의 예 2〉

* 김규련 〈개구리소리〉

지창에 와 부딪치는 요란한 개구리소리에 끌려 들에 나와 서성거려 본다. 저녁나절 몹시 불던 바람은 잠이 들고 밤은 이미 이슥

하다.

모를 내기에는 아직 이르다. 물이 가득 잡힌 빈 논에는 또 하나의 밤하늘이 떠 있다. 지칠 줄 모르는 개구리소리는 연신 하늘과 땅 사이의 고요를 뒤흔들고 있다. 와글거리는 개구리소리에 물이랑이 일적마다 달과 별은 비에 젖은 가로등처럼 흐려지곤 한다. 첩첩한 산이며 수목(樹木)들은 무거운 침묵에 잠겨 있다. 그들도 이 밤에 개구리소리에 묵묵히 귀를 모으고 있는 것일까.

개골 개골 개골 가르르 가르르 갈갈갈갈.

* 유경환 〈두물머리〉

사람들은 이곳을 두물머리라고 부른다. 한자로 표기되면서 양수리(兩水里)가 된 것이나, 사람들은 여전히 두물머리라 일컫는다. 두물머리. 입 속으로 가만히 뇌어보면, 얼마나 정이 가는 말인지 느낄 수 있다.

그토록 오래 문서마다 양수리로 기록되어 왔어도, 두물머리는 시들지 않고 살아 우리말의 혼을 전해 준다. 끈질기고 무서운 힘이기도 하다.

두물머리를 시원스럽게 볼 수 있는 곳은, 물가가 아닌 산 중턱이다. 가까운 운길산. 남양주 운길산에 이르는 산길에 올라보면, 눈앞에 두물머리가 좌악 펼쳐진다. 두 물줄기 만나는 모습이 한눈에 들어온다.

* 손봉호 〈죽는 연습〉

아이들이 어렸을 때 화재대피훈련을 시켜본 일이 있다. 우리 집

지붕은 벽에다 나무 서까래를 걸치고 합판을 덮은 다음 그 위에다 기와를 올려놓은 것이고, 그 밑에는 전깃줄이 어지러이 얽혀 있어 누전이 되거나 하여 불이 나면 시멘트 기와가 이층에 있는 아이들 방으로 그대로 떨어지게 되어 있었다.

그래서 어느 날 아이들을 불러 놓고는 불이 났을 때 어떤 문을 통해서 어떻게 밖으로 뛰어나가야 하는가를 상세히 일러 주었다. 그리고는 그렇게 뛰어나가는 연습을 한두 번 시켰다.

며칠 후 아이들이 저희들 방에서 한창 재미있게 놀고 있을 때 갑자기 "불이야!" 하고 고함을 쳐보았다. 신기하게도 아이들은 내가 일러 준 그 길로 잘 뛰어나갔다. 칭찬을 해 주었더니 그 놀이 재미있으니 또 하자고 졸라 몇 번 더 연습할 기회를 가졌다.

* 맹난자 〈유불위재(有不爲齋)〉

키는 작으나 두툼한 어깨, 넉넉한 심성, 유머로 번뜩이는 지혜의 소유자, 임어당(林語堂)을 생각하면 왠지 편안하고 친근한 느낌이 든다.

그는 현세의 삶에 모든 가치를 두고 이 지상을 있는 그대로의 천국으로 보았다. 매순간을 충실하게 그리고 보다 즐겁게 살려고 애썼으며 실제로 그렇게 살다 간 사람이기도 하다.

"인생을 즐긴다는 것 외에 인생에 무슨 목적이 있겠는가?"

그는 큰딸이 목을 매고 죽었을 때도 남은 두 딸들에게 강조한 말은 이것이었다. 인간에게 주어진 목숨은 오직 하나뿐, 그렇기 때문에 온갖 방법으로 그것을 누려야 한다는 것.

* 윤후명 〈철학 선생이 된 작은 나무〉

겨울이 하도 답답하여 산수유와 자두 가지를 쳐다가 항아리에 담가두었더니 보름쯤 지나 꽃망울이 터졌다. 그리고 매화 화분을 들여놓아 봄을 확연히 앞당기기도 하였다. 그러나 이런 것은 자연, 즉 '스스로 그런' 것은 아니라서 아무래도 석연치가 않다. 석연치 않은 짓은 하지 않으며 살기로 한, 삶에의 내 약속이 아니었던가.

하지만 바깥에 '스스로 그런' 모양으로 견디지 못하는 것들은 역시 화분을 이용할 수밖에 없다. 겨울이 오자마자 들여놓은 석곡은 겨우내 고아한 꽃으로 나를 벗해주었다. 우리나라의 남쪽 지방에 자라는 석곡처럼 맑고 깊고 그윽한 꽃은 세계에 없다고 여러 사람들이 입을 모은다. 난의 당당한 일종이면서 기르는 데 까탈도 부리지 않는다. 그저 뿌리를 이끼로 둘둘 말아 화분이나 우묵한 돌에 넣고 물을 가끔 줄 뿐이다. 물이 꽤 오래 말라 있거나 젖어 있어도 끈질긴 생명력으로 살아낸다.

* 이정림 〈큰바람 비켜가고〉

간밤에는 무서울 정도로 바람이 불었다. 유리문을 닫았는데도 무엇이 계속 부딪히는 소리가 나서 나가 보았더니, 틈새로 비집고 들어온 바람에 커튼 줄이 이리저리 흔들리고 있었다. 또 밖에서 부는 바람은 유령처럼 울부짖으며 유리창에 와 부딪히는데, 그 소리가 어찌나 음울하게 들리는지 밤 기운을 더욱 을씨년스럽게 만들었다. 대체 얼마나 바람이 불면 이러나 싶어 문을 조금 열어 보려고 하자 갑자기 세찬 바람이 안으로 밀려 들어왔다. 순간 나는 깜짝 놀라 뒤로 물러서며 급히 문을 닫았다. 바람의 기세가 너무도 무서웠기 때문이다.

아침에 신문을 보니 간밤의 바람은 보통 바람이 아니라 초속 58미터로 불어 댄 '프라피룬'이라는 태풍이었다. 기상청의 풍력 계급표에 따르면 초속 21~25미터(큰 센바람)이면 기와가 벗겨지고, 초속 25~29미터(노대바람)이면 가옥이 뿌리째 뽑힌다고 한다. 그리고 초속 30미터(싹쓸바람)가 넘으면 차량이 전복된다고 하는데, 초속 58미터로 불어 댄 간밤의 바람이 얼마나 초특급 태풍이었는지는 상상하기조차 어려웠다.

* 정목일 〈쌀 두 되〉

팔순 어머니와 얘기를 나누려면 쉰이 넘은 나이도 잊어버리고 어린 아이로 돌아갈 수밖에 없다.

"어머니, 제가 어렸을 때 아무개는 어떻게 됐을까요?"

슬쩍 말머리를 꺼내 놓기만 하면 어머니의 주름진 얼굴엔 웃음이 번져 흐른다. 세월은 흘러갔어도 그때의 일들만은 어째서 잊혀지지 않고 있는 것일까.

우리가 살았던 골목 안의 광경, 구멍가게의 모습들, 내 소꿉친구들, 이웃집에서 키우던 강아지, 동네의 나무들…….

어릴 때의 풍경들이 다시금 되살아나 눈앞에 다가서고 있다.

어머니는 자신이 얘기 속으로 들어가 버리기나 한 것처럼 얘기꽃을 피운다. 이럴 때가 어머니로선 가장 생기에 넘치는 순간이다.

* 허세욱 〈움직이는 고향〉

어머님이 홀로 되신 지 어언 2년이 다가온다. 그러니까 내 마음의 포근한 고향도 때마다 봇짐을 싸듯이 자리를 옮기기 2년이 가까워온다.

고향이 고향으로 불리우는 내력은 많다. 누구는 자기가 출생한 곳을, 누구는 선영이 있는 곳을, 누구는 호적상의 본적을, 누구는 친족의 집단취락을 말하지만, 나에겐 부모가 계신 곳, 어머니가 계신 곳을 말한다. 어머니가 담그신 청국장 시루가 아랫목에 좌정한, 그런 발효된 메주 냄새 속에서 나는 고향을 물씬하게 느낀다. 본적은 있어도 고향이 없는 것은 메주 냄새에 밴 어머니의 퀴퀴한 안방이 없기 때문이다.

칠십 평생을 시골 지주 며느리요, 4대 봉사의 종부(宗婦)였던 어머님이 아버님을 여읜 뒤 홀연 정착을 마다하시고 무거운 노구를 이끌고 여기저기 자식 집을 찾아 때아닌 유랑을 했다. 실향민도 피난민도 아니면서, 자그마한 비닐 가방을 드시고, 그것도 겨우 천 원짜리 거무죽죽한 가방을.

* 반숙자 〈나무 가슴〉

한 뼘 남짓한 나무토막을 바라본다. 어느 냇둑에서 한 세월 보내다가 고요히 임종한 은사시나무, 그 숨결 더듬으며 눈을 맞춘다.

목각을 처음 시작한 날, 나무토막 앞에서 나도 나무토막이 되었다. 표정 없는 나무에서 무엇을 캐내야 하는지, 어디를 어떻게 파야 하는지 오리무중이었다. 칼이라고는 연필 깎는 칼을 써 본 것과 도마에 무나 파를 썰던 경험뿐, 예리한 칼 끝에 시선을 피하며 슬그머니 창밖 하늘을 바라보았다.

이런 내색을 알아차린 선생님이 칠판에 글을 써나갔다. 나도 할 수 있다는 자신감을 갖자. 끈질기게 일생 동안 취미로 할 사람만 시작하자. 나무와 대화하며 성질을 알자.

* 유병근 〈의자〉

나무의자를 해체하느라고 궁둥이를 놓는 부분을 먼저 뜯어내었다. 의자는 뼈대만 휑뎅그렁하게 남았다. 나는 그것을 그림으로 그려보았다. 네 개의 발과 등받이만 남은 나무토막. 의자는 간결체 문장처럼 쓸쓸해졌다.

그림을 그려본 지도 꽤 오래된 듯하다. 눈으로만 보고 즐겼을 뿐 그리겠다는 생각은 전혀 하지 않았다. 그림 그리기에 재주가 없기는 하다. 그러나 그려보지 않았다는 생각에 끌리자 그림과는 상당히 담을 싸고 있었다는 생각이 든다. 그렇다고 그림에 관심이 없었던 바는 아니다. 세계명화집을 가끔 들여다보기도 하고 어쩌다가 전시회를 기웃거리기도 했다. 산길을 거닐면서 능선의 생김새며 나무와 바위를 눈으로 그려보기도 했다.

* 김 학〈찬란한 이 가을에〉

황금햇살이 연인의 눈길마냥 따사로운 가을이다. 청잣빛 하늘이 이루어질 수 없는 꿈처럼 높아 보이고, 허수아비마저 떠나버린 들녘이 신방(新房)의 금침(衾沈)만큼이나 포근해 뵈는 가을이다.

보기만 하여도 입맛이 돋고, 먹지 않아도 포만감을 느낄 수 있는 가을이다. 봄, 여름, 겨울이 이 가을처럼 마냥 풍성하다면 얼마나 좋을까. 지금은 상강도 지나버린 가을의 끝자락. 여름 내내 밤낮으로 노래만 부르던 베짱이는 지금쯤 어느 개미집 문전을 기웃거리며 회한의 구걸을 하고 있을까.

귀뚜라미의 청아한 선율이 달빛 머금은 영창을 흔들어대더니 간밤에 무서리가 잔뜩 내렸다. 잎새를 떨궈버린 감나무에서는 부끄럼 타는 열아홉 큰 애기의 볼처럼 빨갛게 물든 감이 오들오들 떨고 있다. 농사도 풍년이요, 과일도 주렁주렁 열렸다. 오랜만에 참으로 오랜만에 맞이한 풍요로움이다. 구르몽의 시구(詩句)가 혀끝에 맴도는 찬란한 가을이다.

* 김홍은 〈함박꽃나무〉

산천은 푸른빛으로 물들어가고 고요한 오뉴월의 산 계곡은 봄 물결 소리로 가득히 넘쳐난다. 멀리서 들려오는 뻐꾹새 울음도 외롭게 고단한 산기슭의 산사로 향하는 깊은 골짜기로 스며든다. 산을 오르다 보면 청순한 봄바람에 젖어 저만치서 피어있는 함박꽃의 소박하고 순결한 모습에 어느새 마음을 빼앗기고 만다. 심산에서 함박꽃을 보면 아름다운 여인을 만나는 기분이다.

도감에도 보면 함박꽃나무를 일명 한자로는 천여화(天女花)로 부르고 있다. 옛 사람들도 얼마나 아름답게 느꼈으면 하늘에서 내려온 여인 같은 꽃 이라고 이름을 불렀을까. 그 만큼 아름답다는 의미에서 지어진 이름일 게다.

* 김홍은 〈세심洗心〉

'선박(船舶) 안에 물이 가득 차면 배가 무거워 잘못 갑니다. 물을 퍼내야 가볍게 갈 수 있습니다. 이와 마찬가지로 탐욕과 성냄과 어리석음을 없애면 이것이 바로 깨달음의 경지에 오른다고 하였습니다. 다섯 가지를 버리고, 다섯 가지를 끊고, 이 뿌리를 생각하여 닦으라고 하였습니다. 다섯 가지 집착을 분별할 줄 알면 생사의 깊은 물을 건널 수가 있다.'고 합니다.

언젠가 스님이 내게 들려준 법문이 떠올랐다. 그러면 오늘은 스님이 나를 시험을 하시는 건가. 그렇지 않으면 유혹이라도 하여 보겠다는 건가. 도대체 알다가도 모를 일이다. 어쩌자고 연구실에 가만히 있는 나를 끌어내어 봄나들이를 하자는 것인가. 그러면 내가 그동안 스님을 흠모하고 있음을 눈치라도 챘단 말인가.

17. 끝맺음 쓰기

수필을 쓸 적에는 "처음에 어떻게 쓸까" 하고 누구나 고민을 합니다. 마찬가지로 끝맺을 때도 이와 못지않습니다.

우리는 한편의 드라마를 보고 난 후, 끝맺음을 생각해 보시면 이해가 쉬울 것입니다.

기쁨을 주거나, 그렇지 않으면 행복감, 슬픔, 여운 등으로 어떤 아쉬움을 남겨주고 있습니다.

수필문학도 이와 다르지 않습니다.

1) 어떻게 끝을 맺을까?

우리는 일반적으로 서점에서 책을 살적에, 대개는 제목, 서두, 끝맺음을 살펴봅니다.

독자는 글을 읽을 적에 제일 먼저 제목을 봅니다. 마음에 들면 서두를 10줄 정도를 읽다가 별로 마음에 들지 않으면 덮고 맙니다.

그러다가도 아쉬운 생각이 들면 끝맺음을 다시 읽게 됩니다.

끝맺음이 마음에 들면, 처음부터 다시 읽는 경우가 많습니다.

끝맺음은 글을 맺는 부분으로 작가들은 가장 많이 신경을 쓰는 편입니다.

학생들은 논문을 읽을 적에, 필요하면 처음서 끝까지 무조건 다 읽습니다.

일반적으로 관심 있는 논문 제목을 보게 되면 우선 '조사방법' 과 '결론'을 살펴보거나 '요약' 부분을 읽게도 됩니다.

이런 경우는 오랜 기간 연구에 숙달된 사람들입니다. 크게 관심이 없거나 또는 같은 분야라 하더라도 특별한 연구가 아니면 대개는 저도 이렇게 읽고 있습니다.

내용을 더 정확히 알고 싶으면, 결과 및 고찰까지를 꼼꼼히 다 읽습니다.

물론 무엇이든 착실하게 공부를 하려면 무조건 처음서 끝까지 읽어야겠지요. 그러나 시간을 절약하기 위해서 입니다. 연구 논문도 10편만 써보면(1년에 1편) 조사방법과 결론만 보면 쓰는 틀은, 전공방법에 따라 조금은 다르기도 하지만 거의가 유사합니다.

수필문학도 형식이나 틀은 이와 크게 다르지는 않다고 생각합니다. 모든 글은 끝맺을 적에는 고심을 많이 합니다. 그만큼 중요하기 때문입니다.

수필을 다 쓰고 나면 어떻게 마무리하는 게 좋을지 누구나 망설이게 됩니다. 내용상의 주제도 중요하지만, 처음과 끝맺음이 작품을 돋보이게 함에서입니다.

일반적으로 끝맺음을 보면, 주제를 살리는 내용으로 요약점이 되게 이루어진다고 하겠습니다.

또 하나는 제목을 생각합니다. 제목은 전체의 글을 함축시킨 내용임에서, 이를 대변할 수 있는 끝맺음이 되게도 합니다.

때로는 방법이나 방향을 제시하는 문장으로 여운을 남기는 경우로 끝을 맺기도 합니다.

글의 마무리는 어떻게 하는 것이 좋다고 결론을 내리기는 어렵습니다. 이는 글의 내용에 따라서 끝맺음이 달라질 수 있다고 생각합니다.

끝맺음은 이렇게 정리할 수 있겠습니다.

1) 요약, 추측, 미래의 표현으로
2) 주제의 핵심이 되는 문장으로
3) 여운을 남기는 문장으로
4) 의문점으로 남기는 암시방법으로
5) 기타 (작가가 하고 싶은 글의 전체를 함축해서 그 마음을 표현)

이외도 글의 내용에 따라 자기반성으로 돌아보게 하는 의미를 담기도 합니다. 그러나 끝맺음은 독자에게 오래 기억에 남는 감명을 주는 문장으로 이끄는 것이 제일 좋겠습니다.

또는 글의 전체적인 통일감을 주는 내용으로 함축된 문장의 표현이 어색하지 않겠다는 생각도 듭니다.

문학예술은 정답이 없습니다. 아무리 이렇게 쓰십시오. 저렇게 쓰십시오. 하지만 모든 독자에게 감동을 준다면 그게 정답이 아닐까요. 제가 잘못 말씀을 드리고 있는 건 아닌지요?

2) 실제 예문

작품의 끝맺음은 모든 내용의 함축이며 여운이라고 하겠습니다. 작품은 어떻게 마무리를 하였느냐에 따라 그 제목, 주제가 새롭게 살아나듯이, 수필에 있어서 끝맺음은 서두 못지않게 중요함을 잊지 말아야 합니다.

「한국수필」 문학지에, 공동주제로 발표된 '그리운 금강산' 작품 20편 중에서 끝맺음의 일부를 살펴보았습니다. 〈발표: 99년 8월호〉

〈끝맺음의 예 1〉

* 조경희(한국수필가협회 전 이사장)

금강산은 산을 정복하기 위해 도전하는 히말라야와 같은 산은 아니다.

금강산에 발을 들여놓으면 첫째 산의 아름다움에 취하고, 둘째 맑은 공기로 오장육부를 깨끗이 씻고 침침한 눈이 깨끗하게 밝아지면서 신선의경지로 들어가게 하는 산이다.

한상억 씨의 시 〈그리운 금강산〉은 잘된 노래다. 이제 다시 못 가게 되면 그리운 금강산의 노래나 부를 것이다.

* 최은정(수필가)

우리의 금강산은 조물주가 주신 크나큰 은혜이다.

우리는 응답해야 한다. 백두의 구름과 한라의 구름이 손에 손잡고 금강산에서 춤을 추게 해야 한다.

우리 민족의 기상 금강산아, 나는 너를 보았다. 여기 금강산이 있어 우리 겨레가 숨 쉬고 있는 것을.

만물상의 모든 형상이 우리에게 희망과 힘과 그리고 미래로 향한 비상을 꿈꾸게 한다.

* 김영웅(수필가)

봉래나 설악은 일본의 후지산이나 중국의 태산, 또는 에베레스트나 킬리만자로 등과 견주어 무엇이 다르고 무엇이 좋길래 예로부터 '고려에 태어나 금강산 한번 보기를 원한다.' 했는가, 크거나 높지 않되, 곱기로 빼어나고 깊고 그윽한 비경을 이루었음에서이다. 우리에게 현세에서의 일탈을 경험시켜주고 정신상의 황홀경 또는 심취 상태를 갖게 한다. 아름답고 깨끗하고 쾌적하고 '속속들이 헤아리기 힘든 그 무엇'을 함축했음이 틀림없는 심산유곡에 홀로 선 나그네의 느낌은 가위선경에 취했다 그래서 신령스런 산이라 하여 영산이라 했겠지. 영산의 기에 흠뻑 빠졌으면 그것으로 한동안 신선이 되었으니 그만 아닌가.

* 김영월(수필가)

돌아오는 길에 일행 중의 한 명이 금강산 일만이천봉 중에 아직 붙여지지 않은 이름이 한 개라도 있다면, 그는 서슴없이 통일봉이라 부르고 싶다며 울먹였다. 금강산의 22개 비경 중에 외금강쪽 겨우 두 곳만을 다녀오는데도 그 아름다움은 한동안 그리운 연인처럼 내 눈앞에 아른아른 거리고 차라리 아름다워서 슬펐던 산하를 어이하랴.

* 신진탁(수필가)

물이 맑고 묘하면서도 화려하고 그윽하며 고요하여 택리지의 청담이 말한 대로다. 조물주가 이렇게 좋은 절경을 우리 민족에게 선물했는데 사흘 가지고는 수박 겉핥기로 주마간산이 아니던가? 나의 남은 생애를 이 삼일포에서 생생한 현장감을 부각시켜 글을 쓰고 싶었다. 그리고 우리 민족에게 금강산이 갖는 저 위대한 바위의 미를 오래도록 새겨보게 하고 싶다.

* 노옥신(수필가)

금강산을 뒤로하고 돌아오는 관광객들의 마음은 숙연함 가운데 한결같이 통일을 염원하고 있었다.

"우리의 소원은 통일, 꿈에도 소원은 통일…."

마음 모아 뜻모아 합창으로 불렀다.

금강산을 떠나오면서 마음에 걸리는 점이 있었다. 우리가 목에 걸고 다니던 금강산 관광객증 하나를 북측 세관에서 회수해 가는 점이다. 우리의 신분이 북측에 다 노출된다는 사실이었다.

* 김희숙(수필가)

산을 다 내려와서야 계곡 물에 손을 담그고 물을 떠서 마셨다. 가슴까지 시원해지던 그 물맛은 좀처럼 잊을 수 없을 것 같다. 옥같이 맑은 물속에서 흔들리고 있는 파란 하늘을 보았다. 그리운 얼굴들이 그 속에 있었다. 아쉬움이 강물처럼 가슴으로 밀려왔다. 다시 흐려진 눈가에 다가온 금강산은 침묵을 지킨 채, 수려하기만 하고 무심한 바람만이 옷깃을 스친다.

〈끝맺음의 예 2〉

* 아버지 / 김훈

아버지는 자상하지 않았고 가정적이지 않았다. 아버지는 가난했고 거칠었고 늘 울분에 차 있었다. 아버지는 그 불모한 시대의 황무지에 인간의 울분과 열정을 뿌리고 갔다. 나는 언제나 그런 아버지의 편이었다. 아버지의 육신도 이제는 풍화가 끝나 편안할 것이다. 지난 한식 때 새로 심은 잔디가 잘 퍼져 있다.

* 태양이 없는 그림/ 이정림

요즘 아이들의 그림에서는 태양이 보이지 않는다고 한다. 태양은 아버지를 상징하는데, 그려도 귀퉁이에 조그맣게 그린다고들 한다.

어린 시절, 우리는 도화지에 이글거리는 태양을 많이 그렸었다. 그때 아버지들은 어린이들의 우상이었다. 아이들이 다시 도화지에 커다랗게 태양을 그릴 날은 언제 올 것인가.

지금 서울의 아스팔트 위에서는 얼룩동사리들이 숨져 가고 있다. 맨바닥에 누워 신문지로 얼굴을 가리고 잠들어 있는 그 모습에서, 나는 이 시대의 불운한 태양들을 본다.

* 딸깍발이 / 이희승

현대인은 너무 약다. 전체를 위하여 약은 것이 아니라, 자기중심, 자기 본위로만 약다. 백년대계를 위하여 영리한 것이 아니라, 당장 눈앞의 일, 코앞의 일에만 아름아름하는 고식지계(姑息之計)에 현명하다. 염결(廉潔)에 밝은 것이 아니라, 극단의 이기주의에 밝다. 이것은 실강은 현명한 것이 아니요, 우매(愚昧)하기 짝이 없는 일이다. 제 꾀에 제가 빠져서 속아 넘어갈 현명이라고나 할까. 우리 현대인도 '딸깍발이'의 정신을 좀 배우자. 첫째, 그 의기를 배울 것이여, 둘째, 그 강직(剛直)을 배우자. 그 지나치게 청렴한 미덕은 오히려 분간을 하여가며 배워야 할 것이다.

* 월포리 가는 길에/ 김규련

저만치 들녘에는 풀꽃이 흐드러지게 피어 있다. 문득 소망 같은 것이 머리에 떠오른다. 철따라 싹을 틔워 꽃도 피우고 향기도 풍기다가 가을이면 소리 없이 시들어 가는 들풀처럼 조용하고 깨끗이 늙어 가고 싶다. 이것은 또 아내의 열렬한 소망이 아니던가.

젊은 날에는 진실로 하루를 새롭게 하라. 그러면 나날이 새롭고 또 새로워진다(苟日新 日日新 又日新)는 옛 중국 은(殷)나라 탕왕(湯王)의 좌우명을 좋아했었다. 이제는 그 반대로 하루하루 진실로 가슴 속의 온갖 욕심을 덜어내리라. 그러면 나날이 덜어지고 또 덜어진다.(苟日損 日日損 又日損)는 좌우명을 달고 뼈아픈 공부를 해야 할 것 같다.

해가 저물려 한다. 보경사에 들러 오랜만에 스님들과 함께 저녁 공양이나 들고 돌아가야지.

* 삶의 광택/이어령

아들이여, 무엇인가 요즈음 사람들이 참을성 있게 닦고 또 닦아서 사물로부터 광택을 내는 일을 볼 수 있다면, 그것은 구두닦이

정도가 아닐까 싶다. 카뮈라는 프랑스의 소설가는 구두닦이가 일하는 모습을 보고 무한한 희열을 느꼈다고 했다. 구두닦이 아이들이 부드러운 솔질을 하고 구두에 최종적인 광택을 낼 때, 사람들은 그 순간, 그 부드러운 작업이 끝났거니 생각할지 모른다. 그러나 그때 바로, 그 억척스러운 손이 다시, 반짝거리는 구두 표면에 구두약을 칠해 광을 죽이고, 또 문질러 가죽 뒷면까지 구두약이 배어들게 하고, 가죽 맨 깊은 곳에서 빚어지는, 이중의, 정말 최종적인 광택이 솟아나게 한다.

아들이여, 우리도 이 생활에서 그런 빛을 끄집어낼 수는 없는 것일까? 화공(化工) 약품으로는 도저히 그 영혼의 광택을 끄집어낼 수는 없을 것이다. 투박한 나무에서, 거친 쇠에서 그 내면의 빛을 솟아나게 하는 자는, 종교와 예술의 희열이 무엇인가를 아는 사람이다.

* 바보네 가게/ 박연구

연탄값, 쌀값, 학비, 의복비 등 수없는 청구서를 내밀면서 지난달에도 얼마가 적자인 데 언제까지나 이 모양 이 꼴로 살아야 하느냐고 따지면 무능한 가장은 더욱 피로가 겹친다. 쉴 곳이 없다. 이런 경제능력 말고도 똑똑한 아내에게 이론에 있어서 달리면 열등 콤플렉스가 되어 엉뚱한 짓을 저지르기 쉽다. 내 생각으로 대부분의 아내들이 짐짓 바보인 척하는 것 같다.

유행에 둔감한 척 의상비를 자주 청구하지 않는 것은 남편의 수입을 고려함이요. 무슨 일로 기분이 상했는지 대포 몇 잔에 호기를 부리고 대문을 두드리면 영웅 대접하듯 맞아들이는 매너야 바로 활력의 '충전(充電)' 바로 그것이라 하겠다.

어쩌면 내 집이 바보네 가게가 아닌가 한다. 돈은 물론 무엇이든 부족하게 주는 나에게 반대급부가 너무 융숭하기 때문이다. 여섯 살짜리 막내 딸 아이는 십 원만 주어도 뽀뽀를 해 주고 그리고 또

* 지란지교를 꿈꾸며/ 유안진

우리의 외모가 아름답진 않다 해도, 우리의 향기만은 아름답게 지니리라. 우리에겐 다시 젊어질 수 있는 추억이 있으나 늙는 일에 초조하지 않을 웃음도 만들어 낼 것이다.

우리는 눈물을 사랑하되 헤프진 않게, 냉면을 먹을 때는 농부처럼 먹을 줄 알며, 스테이크를 자를 때는 여왕처럼 품위 있게 군밤을 아이처럼 까먹고 차를 마실 때는 백자보다 우아해지리라. 우리는 누구도 미워하지 않으며, 특별히 한두 사람을 사랑한다 하여 많은 사람을 싫어하지 않으리라.

우리의 손이 비록 작고 여리나 서로 버티어주는 기둥이 될 것이며, 서로를 살펴주는 불빛이 되리라

* 참새 / 윤오영

연화봉(蓮花峯)에서 하계로 쫓겨난 양소유(楊少遊)가 사바 풍상을 다 겪고 또 부귀공명을 한껏 누리다가, 석장(錫杖) 짚은 노승의 "성진아" 한마디에 황연대각, 옛 연화봉이 그리워 다시 연화봉으로 돌아갔다.

짹 짹 짹, 잠결에 스쳐간 참새 소리는 나에게 무엇을 깨우쳐 주

려는 것인가. 날더러 어디로 돌아가는 것인가. 사십 년 간 꿈에도 생각해본 적이 없는 네 소리. 무슨 인연으로 사십 년 전 옛 추억-. 가버린 소년 시절, 고향 풍경을 이 오밤중에 불러 일으켜 놓고 어디로 자취를 감춘 것이냐. 잠결에 두 눈은 이제 씻은 듯 깨끗하다.

나는 문득 일어나 불을 피워 차를 다리며 고요히 책상머리에 앉는다.

* 미리 쓰는 유서/ 법정

육신을 버린 후에는 훨훨 날아서 가고 싶은 곳이 있다. '어린 왕자' 가 사는 별나라 같은 곳이다. 의자의 위치만 옮겨 놓으면 하루에도 해지는 광경을 몇 번이고 볼 수 있다는 아주 조그만 그런 별나라. 가장 중요한 것은 마음으로 봐야 한다는 것을 안 왕자는 지금쯤 장미와 사이좋게 지내고 있을까. 그런 나라에는 귀찮은 입국사증 같은 것도 필요 없을 것이므로 한번 가 보고 싶다.

그리고 내생에도 다시 한반도에 태어나고 싶다. 누가 뭐라 한대도 모국어에 대한 애착 때문에 나는 이 나라를 버릴 수 없다. 다시 출가 수행자가 되어 금생에 못 다한 일들을 하고 싶다.

* 지팡이 소리/ 손광성

지팡이 또한 근엄한 것만은 아니었다. 황혼의 객창에 들리는 지팡이 소리는 더러 초조하지만, 음산한 성황당을 넘어가는 깜깜한 지팡이는 차라리 또박거린다. 백로가 훨훨 나는 막막한 무논을 스쳐 가는 지팡이는 차라리 펄럭이는 옷고름이 되고, 백화만발한 꽃재를 뚫고 가는 지팡이는 말뚝이 된다.

하지만 나는 무너지는 나라, 기우는 가문을 짚고 선 증조부의 지팡이를 잊지 못한다. 그 육척 장신에 하얀 수염, 하얀 두루마기, 키를 재는 긴 지팡이에 기대어, 흐르는 시내를 굽어보고 먼 하늘 흰 구름을 응시하던 그 용태는 어느새 내 마음엔 비석으로 서 있다.

* 들국화/ 정비석

들국화는 다알리아나 칸나처럼 빛깔도 야단스럽게 아름답지 아니하고, 꽃송이의 구조도 지극히 단순하다. 그러나 보라빛의 부드럽고도 순결한 맛은 볼수록 마음을 이끌리게 한다. 찬란한 빛깔로 유혹하려는 것이 아니다. 말 없는 가운데 자신의 순결성을 솔직히 보여주는 그 겸손이 더한층 고결하다는 말이다.

나는 가을을 사랑한다.

그러기에 꽃도 가을꽃을 사랑하고, 가을 꽃 중에서도 들국화를 가장 사랑하는 것이다.

18. 새로운 수필 쓰기

〈수필문학의 낯익음과 낯설게 하기〉

발표자 | 김홍은(수필가)

문학에서 낯익음과 낯설게 함이란 어떤 것인가. 난해한 시를 읽으면서 과연 이것이 낯설게 함인가 하는 의문을 종종 품을 때가 많다. 물론 표현이란 작가의 마음이라고 할 수는 있지만 의미의 소통이 전혀 되지 않는다면 누가 그 작품을 좋다고 읽겠는가. 그럼 수필에서도 시에서처럼 가능할 것인가. 나는 요즘 수필을 쓰면서 이런 고민에 빠져본 적이 있다.

세계는 산업혁명 이후, 인류의 경제 사회 문화는 급속도로 변화를 가져왔다. 그러므로 인간의 삶도 늘 새로운 문화 속에서 살아가면서도 변화가 없으면 바로 싫증을 느끼게 된다. 우리 사회문화는 전통적인 기반에서 모더니즘에서부터 벗어나 급진적으로 포스트모더니즘으로 변해가고 있음은 이미 오래다.

이로써 사람의 성향도 크게 보수성과 진보성향으로 나뉘어져 사회문화를 이끌어가고 있다. 이런 반면에 인간은 늘 새로움을 추구하고 신선함을 원한다.

무엇이든 낯익음은 그저 편하다. 편하다함은 변화가 없음이나 다름없다. 반대로 새롭고 신선하다함은 낯익음에서 벗어나 낯설게 함을 뜻한다고 하겠다. 낯설게 하기란 우리 생활에 있어서의 창조이며 참신함이라 말할 수 있지 않는가. 콩 심은데 콩 나고, 팥 심은데 팥 나는 것처럼 뻔한 사실보다는 흰콩도 나오게도 하고, 검정콩도 나오고 때로는 알록달록한 콩이 생산될 때 신기하게 느낀다. 생태학적으로는 의문점을 던져 줌으로 새로운 지식을 얻고, 흥미로움에서 또 다른 신선함을 이끌어내어는 어떤 연구목적을 유발해내게 된 다.

식물학적으로 비유한다면 변이(變異)를 생각하는 돌연변이(突然變異)를 유도함이나 거의 다르지 않나 싶다. 변이는 생물체에서 어버이의 계통에 없던 새로운 형질이 나타나 유전하는 현상으로 유전자나 염색체의 구조에 변화가 생겨 일어나게 됨이다.

돌연변이는 육종학적으로 보면 자연적인 발생도 있지만, 학문적으로 동식물체에게 염색체의 구조변화를 유도시키는 연구를 실행한다. 즉 기존의 생물체를 다른 변화된 생물체로 탄생시키는 일이다. 식물에 있어서는 잎, 줄기, 꽃, 열매, 형체의 변화로 희귀성을 만들고자 함이다. 이 또한 경제성의 이용으로 낯설게 함이다. 박 줄기에다 수박순을 접 붙여 큰 수박을 얻는다던지, 콜히친(Colchicin)처리를 통하여 배수체(倍數體)를 변형시켜 씨가 없는 수박을 만드는 일 등은 경제적 흥미로움의 낯설게 함이다. 이처럼 문학도 새로움을 원하고 있음이다. 그러나 모든 학문은 언제고 기본의 틀을 두고 변하게 마련이다.

사전에 의하면 문학에 있어서 낯설게 하기(defamiliarization)라는 말을 처음으로 주장한 사람은 슈클로프스키(Shklovsky, V.)다. 그는 러시아 형식주의의 주요한 문학적 수법을 선언한 것으로 일상화되어 친숙하거나 반복되어 참신하지 않은 사물이나 관념을 특수화하고 낯설게 하여 새로운 느낌을 갖도록 표현하는 것을 이른다.

문학을 다른 학문 영역과 문학연구 영역을 변별시켜 문학답게 하고, 문학이 사용하는 언어적 그 특징을 살려 사용방식을 새롭게 관련시킴으로 묘사내지는 구성으로 낯설게 하기 위해 꾸미려 함이다. 이는 단순한 자기체험에 의한 평범함에서 벗어나 보다 색다르게 구성하여 지적, 철학적, 상상적 방법으로 새로운 참신성을 요구함이라고 할 수 있다. 그러나 이는 문학이란 테두리 안에서 의식적으로 짜여있는 체험한 그대로의 진부한 나열하기에서 탈피하는 새로운 한 방법을 제시함이라 하겠다. 이로써 낯설게 함은 평범함의 싫증에서 벗어나는 참신함, 신선함, 생소함, 색다름 등을 원한다. 이제는 문학에서만이 아니라 모든 예술이 변하고, 정치 경제 사회 문화의 생활까지도 모두가 변화한다. 인류의 탄생 이후 모든 게 변하지 않는 게 없다. 다만 그 변화가 느렸을 뿐이다.

이는 20세기 초에 러시아에서 일어났던 형식주의가 표방한 분석방법과 객관적 서술 묘사의 방법 중의 하나로 예술은 실생활의 정확한 재현이 아니라 낯설게 만들어 우리의 관심을 불러일으키게 하고자 함이다. 우리의 습관적 반응을 일으키는 일상의 사실을 사실에서 탈피한 새로운 어떤 개발이 아니라 언어의 구성방법을 낯설게 보이게 한다는 생각이다.

형식주의자들은 낯설게 하기를 예술의 중심과제라고 강조하고 '예술의 목적은, 사물이 알려진 그대로가 아니라, 지각되는 그대로 감각을 부여하는 것이다. 예술의 여러 테크닉은 사물을 낯설게 하고, 형태를 어렵게 하고, 지각을 어렵게 하고, 인식하는데 소요되는 시간을 증대시킨다.'고 했다.

그러나 낯설게 함이라 하여 수필문장을 시에서처럼 이해할 수 없는 언어의 표현이나 문장의 구성으로 어색하게 이루어진다면 이는 낯익게 하는 작품만도 못할 경우도 있게 마련이다.

모든 예술은 일상의 친숙한 것들보다 낯선 것에서 더 미학적 가치를 느끼고 있다. 영상에서의 조명처리법, 사진예술에 있어서의 역광처리방법, 무용의 착시효과를 노리는 색채, 분장처리법, 그림에서의 명암의 처리기법, 추상화기법, 다양한 표현기법 등이 있듯이 문학도 예외는 아니다.

낯설게 함의 기본은 역시 오감(五感)을 통한 예술가의 창작일 뿐이다. 창작이란 오직 마부작침(磨斧作針)이라는 생각이 든다.

수필은 어디까지나 문학예술로 체험에 따른 격물치지(格物致知)를 낯설게 하는 수사적 언어의 표현으로 흥미로울 수 있지만, 보이지 않는 형식의 틀을 색다르게 깨기란 그다지 쉽지가 않다고 하겠다. 낯익음도 낯설게 함도 인생의 지적철학이 달관(達觀)되었을 때 작가는 보다 자유로워질 수 있지 않나싶다. 이로 볼 때 작가에게는 남다른 커다란 지식의 샘(泉)과 체험으로부터 얻어낸 깊은 사유(思惟)를 지니고 있을 적에 무엇이든 표현방법이 자유로워지리라는 생각이다.

낯익음에서 낯설게 함의 모든 표현의 변화도 자연스러울 때 미감이 따르게 될 것으로 작품의 평가는 어디까지나 훗날 독자들의 몫으로 남겨둘 수밖에 없다. 공자도 과유불급(過猶不及)이라고 너무 지나침은 미치지 못함이나 같다고 가르쳤다.

1) 퓨전수필문학

윤재천 교수는 수필작품을 보다 다양한 글을 써야 한다고 다음과 같이 주장하고 있습니다.

'퓨전수필을 기점으로 메타수필, 접목수필, 마당수필, 테마수필, 웰빙시대에 맞는 작품을 써야 한다. 퓨전은 넓게 '만남' 을 의미한다. 인간과 인간과의 만남이 아니고, 다른 장르와의 만남을 의미한다.

음식도 퓨전음식이 열린 지 오래되었다. 수필도 그 문화처럼 한계를 뛰어 넘어야한다. 수필 속에 시적 요소, 희곡적 요소, 소설적 요소를 접목해 새로운 생명력을 심어나가야 한다.

수필엔 금기와 정석이 없다.

현대 사회를 압축하면 '퓨전' 이라고 요약해 표현할 수 있다. '퓨전' 이란, 기존의 것이 지니고 있던 고유한 경계를 해체함으로 다양한 가치와 그로 인한 존재의 의미를 확대하고자 불기 시작한 참신한 바람이다.

이 바람은 사회적 현상과 의식만 아니라, 문학이 음악이나 미술과 만나 감흥을 더해왔던 것은 예전에도 존재했던 것이지만, 요즘은 디

지털 매체까지 가세함으로써 단순한 음률이나 시각적 효과를 더하는 정도가 아니라, 무엇이 주이고 부인지 분간하기 어렵게 되었다.'

2) 테마소재와 수필

우리 생활은 단조로움보다는 다양함을 원합니다. 다양함 속에서도 주제가 있는 여행을 택합니다. 수필도 테마가 있는 소재에서 지식을 넓히고, 의미와 보람을 얻기를 바랍니다. 이런 점에서 나무를 소재로 한 수필쓰기를 구상하여 보기로 하겠습니다.

(1) 나무테마 소재 찾기

소나무, 잣나무, 곰솔, 리기다소나무, 일본잎갈나무, 가문비나무, 솔송나무, 은행나무, 측백나무, 비자나무, 개비자나무, 주목, 구상나무, 분비나무, 전나무, 노간주나무, 삼나무, 편백나무, 화백나무, 향나무, 밤나무, 자작나무, 오동나무, 참나무류, 가시나무류, 굴피나무, 황경피나무, 탱자나무, 물푸레나무, 싸리나무류, 느릅나무류, 가중나무, 참죽나무, 네군도단풍나무, 생강나무, 녹나무, 동백나무, 보리수나무, 고염나무, 쥐똥나무, 무궁화, 버즘나무, 진달래, 철쭉, 회화나무, 튤립나무, 오리나무 등.

(2) 나무 수필

나무는 우리 생활에서 가장 친근한 자연이면서도 글쓰기가 어렵다. 이유는 이에 대한 체험이 부족한 탓이라고 생각합니다.

나무 수필의 대표적 작품은 이양하의 〈나무〉를 들을 수 있습니다.

한흑구는 〈나무〉라는 수필을 쓰는 데 5년이란 긴 세월을 보내며, '나는 나무를 사랑한다.'는 서두 글을 찾았다고 합니다.

(3) 흥미로운 기행문 쓰기

우리가 쓴 수필작품들을 보면, 일반적으로 내용에 따른 분류로는 보통 정서적인 경향을 나타내는 작품으로 개성적이고 체험적인 글과 예술성을 내포한 지적이며 철학적인 글들입니다.

즉, 경수필과 중수필로 나누고 있습니다.

1) 경수필(miscellany)

생활 주변에서 일어나는 사소한 일을 소재로 가볍게 쓴 감성적, 주관적. 개인적, 정서적 특성을 지니는 글.

2) 중수필(essay)

가벼운 소논문처럼 쓴, 지적이며 논리적이고 객관적인 내용으로 표현한 글.

그 외로 제재에 따른 분류를 보면,

* 수상적 수필(장소나 시간에 따라 떠오르는 그때의 생각이나 느낌을 쓰는 글).
* 기행적 수필(여행하는 동안에 보고 듣고 느낀 것을 기행문 형식으로 쓰는 글)
* 기록적 수필(생활 주변의 이야기를 생각나는 대로 쓰는 글)
* 전문적 수필(교육적, 역사적, 종교적, 과학적, 철학적, 비평적 등을 개인의 취미나 조예 또는 전공에 따라 쓴 글이다. 최근에 와서 수필을 보면, 해외여행을 하면서 새롭게 보고 느낀 기행문을 많이 쓰고 있는 편입니다.

3) 기행문 문학지 계간평

2008년 문학미디어의 봄호에서도 발표된 수필을 살펴보면 모두 7편의 작품이 발표되어있는데, 일반적인 글이 4편이고 기행문이 3편을 차지하고 있다.

일반적인 작품은 늘 다른 문학지서도 많이 읽어오고 있지만, 문학미디어의 봄호에서도 마찬가지로 크게 감동을 받을 만한 작품을 대하기는 쉽지가 않았다. 이런 점에서, 평이한 작품들을 놓고 평하기보다 나름대로의 특징을 담고 있는 기행문을 살펴봄이 더 흥미로울 것으로 생각되었다.

이번호에는 우연하게도 기행문 쓰는 방법으로 작품 간의 비교가 되고, 글을 쓰는데 좋은 예로 삼을 만할 것 같아서 이들의 글을 함께 감상하여 보았다. 마침 작품 내용도 2편은 해외관광 여행이고, 1편은 국내 여행의 글이다.

김 학 〈네 가지로 부르는 남아공아국 국가〉의 작품은 남아공 국가를 상세하게 들려주고 있다. 내용을 살펴보면 남아프리카공화국은 대통령 중심제이지만 이상한 체계를 갖는다며, 입법수도는 '요하네스버그'이고, 행정수도는 '프레토리아'이며, 사법수도는 '케이프타운'로 되어 있다. 화자는 도시의 특징을 자세히 가이드처럼 설명을 하였다. 그 예로 보면

'요하네스버그'는 아프리카 남단의 해발 1880미터의 고원지대로 어떤 광부가 금맥을 발견하면서 도시가 발전한 곳으로 인구는 500만이고, 국제공항이 있어 아프리카의 53개 나라로 갈려면 이곳을 꼭 거

쳐야 하는 세계의 관문역할을 한다. 또한 아프리카의 흑인들의 문화 유물유적을 관람할 수 있는 박물관이 유명하다고 하였다.(이 외 화자가 설명한 도시는 지면의 이유로 생략함.)

1961년 영국으로부터 독립이 되어 1994년 흑인인 만델라가 대통령이 되었고, 남아공은 국민소득이 3천달러가 된단다. 이 나라의 공식 언어는 11가지나 되며, 국가(國歌)도 첫째 소절은 줄루어로, 둘째 소절은 세소토어, 셋째 소절은 아프리칸스어, 넷째 소절은 영어로 부른다고 한다.

6·25때 우리나라를 도와준 16개 UN 참전국으로 조종사 38명이 참여하였다가 6명이 실종 및 전사를 했다. 우리의 우방국이자 혈맹이다. 한편 LG가 전자제품을 장악하고 있고, 삼성은 고급 핸드폰을 석권하고 있으며, 현대자동차도 인지도가 높다고 하였다.

사법수도이자 남아공화국 제2도시 케이프타운에 가면 금과 다이야몬드를 찾는 유럽의 백인들이 좋아하는 개발 도시로 인구는 250만이 된다.

더 부언한다면, 이곳에는 대서양과 동서양의 합수(合水)하는 희망곶(Cape of good hope)이 있으며, 로번 섬에는 만델라대통령이 19년 동안 갇혀 있었던 감옥과 박물관이 있어 민권운동기록과 투쟁사를 볼 수 있다고 상세하게 들려주었다.

김재형 〈남해 그 비경〉은 금년에 국내의 남해로 문학기행을 다녀온 글이다. 목적지는 남해안 일원으로, 남해대교, 노량해협, 이락사, 충렬사, 창선대교, 사천대교, 다랑이마을, 암수바위, 그 외 죽방렴, 물건방파제 등, 남해의 명물들은 나그네를 유혹한다고 하였다. 짓 푸른

쪽빛 물감을 풀어놓은 듯이, 5월의 푸른 바닷가의 남해안 도로를 따라 펼쳐지는 풍치와 변화무쌍한 자연의 모습에 희열을 느끼며, 푸른 바다와 산 그림자가 하나로 되는 완상(玩賞)하는 기쁨을 덤으로 얻었단다.

화자의 표현이 상상만 해도 자연의 아름다움을 저절로 만끽해 지는 기분이 든다. 남해대교를 지나 다랑이 마을로 가는 해안도로는 남해의 다양한 절경과 수려한 풍광(風光)을 만나게 하는 아스팔트길로 줄지어 늘어서 있는 동백나무 잎새의 기름기로 윤이나는 초여름의 녹음은 찾는 손님을 반긴다. 해풍에 밀려오는 파도는 하얀 포말(泡沫)로 원근에 따라 빛깔의 농담(濃淡)은 점점이 떠 있는 섬들과 잘 어울려 풍치를 한결 돋보이게 한다고 하였다.

45도나 됨직한 경사의 산 능선을 따라 석축(石築)을 쌓아 만든 논두렁이 장관이란다. 크고 작은 논들이 바다에서부터 층층이 쌓아 올린 계단의 수가 100여개 이상이라는 주민들의 말에 그들의 삶을 다시 한 번 생각했단다. 바닷바람을 이겨내며 척박한 땅을 큰돌, 작은 돌 한 개, 한 개를 쌓아 올려 삶의 터전을 일궈낸 가천마을사람들의 땀과 눈물이 얼룩진 지난날의 애환을 생각하니 그들의 삶이 예사롭지 않았음을 짐작하고도 남았다 하였다. 절벽을 일궈 손바닥만한 다랑이 논으로 목숨을 이어온 가천마을은 산과 바다 그리고 하늘이 하나로 절묘한 조화는 선적(禪的)인 달관(達觀)의 세계를 유람하는 듯 착각마저 느끼게도 했다.

가천 마을에도 전설이 담긴 남근석(男根石) 여근석(女根石)의 입석에 대한 무속신앙으로부터 이루어 졌을 옛사람들의 세계관과 선인들의 농경생활의 자연숭배 사상과 자연적응에 대하여도 나름대로 정감이 나게 들려주었다.

김여정 〈바이킹의 후예〉 작품은 노르웨이의 프로그네르 조각공원의 여행기다.

바이킹의 후예들이 살고 있는 노르웨이는 어떤 나라일까? 호기심과 기대감에 조바심하며 오슬로에 도착한 것은 8월 초순 햇볕이 눈부시던 어느 오후였다. 지구의 북반구에 위치한 악조건의 자연환경 속에서도 GNP가 7만 4천불로 높은 선진국으로 사회복지가 세계에서 가장 잘 된 나라란다. 오슬로 시내에 있는 세계최대라는 프로그네르 조각공원은 이 나라의 천재조각가 비겔란이 정부의 지원을 받아 193점의 조각군을 장식하여 놓은 비겔란이 평생을 바쳐서 만든 조각공원으로 조성하였다는 설명이다.

공원 입구에 인생의 다리 100m에는 58체의 청동동상으로 어린이의 태아잉태서부터 성장 순서를 동상으로 표현한 8개의 변천과정을 형상화하여 작품으로 묘사하였음을 설명하였다. 인간의 탄생과 죽음에 관련된 조각품들이 펼쳐져 윤회에 대한 동양적인 사상까지도 느낄 수 있게, 중앙의 분수에는 인생의 과정을 순서대로 조각하여 놓았단다.

그중에서도 모노리텐이라 불리는 조각품의 무게 260t, 높이 17.3m의 거대한 화강암기둥에 조각된 121명의 남녀노소가 모두 하늘을 향해 서로 위로 올라가려는 인간의 모습을 표현한 것으로 인간의 본성을 잘 나타내고 있다. 인간의 기둥인 모노리텐의 인간상을 자세히 조망해 보니, 인생살이의 욕망과 번뇌와 생존경쟁과 희노애락 생노병사의 모든 것이 화강암 기둥 하나에다 응축시켜 놓은 듯, 하다고 하였다. 인간이 태어나 세상을 영위하며 겪는 모든 고뇌의 삶이 동서의 차이가 없음을 이 작품을 통하여 느낄 수 있었단다.

비켈란 공원은 그의 제자들과 함께 20여년에 걸쳐 완성하였다니 그의 열성과 예술혼을 느낄 수 있으며, 세계의 명소가 된 것도 우연이 아님을 알 수 있었다고 하였다. 한때는 해상을 누비며 세계의 뱃사람들에게 공포의 대상이었던 용맹스런 바이킹의 후예들이기에 앞서 예술인과 그 예술을 아끼고 이해할 줄 알았던 심미안을 가진 민족임이 충분했다고 작가의 마음을 털어놓았다.

세분의 기행문으로 작품이 서로 잘 비교된다. 작품 내용을 서로 대비할 때, 내용에서 보듯이 듣고 보고 관찰한 내용을 그 나름대로 특색을 보이고 있다.

김 학 수필가의 작품은 다분히 교과서적으로 섬세한 반면, 김재형 수필가의 작품은 치밀성은 적었지만 서정성으로 여유롭고 감칠맛 있게 여행을 하는 기분이 든다. 그 외 김여정의 바이킹 작품은 단순히 프르그네르 공원의 조각상을 바라보며 보고 느낀 감정을 편안하게 들려주고 있다. 세 작품 모두비교해서 읽으면 기행문을 쓰는데 독자들에게는 많은 도움이 되리라고 생각한다. 기행문은 어떻게 쓰는 게 좋은 글이 되겠다 하는 저마다의 생각을 갖게 될 것으로 생각한다.

작품마다의 특징을 지니고 있어 크게 지적할 부분은 없다. 다만 작가들의 여행기를 읽다 보면 역사성 있게 상세하게 기록하여 들려주고 있어 많은 도움이 되고 있지만, 어느 글은 너무 욕심을 내어 많은 이야기를 적고 있어 여행사가 만든 가이드의 기록문을 대하는 느낌이 들기도 한다.

이런 점을 감안할 때, 많은 이야기를 짤막짤막하게 상세히 들려주려는 노력도 중요하지만, 특징 있는 부분으로 나누어서 설명하되 작가의 감상을 함께 써주었으면 하는 아쉬움이 남는다.

일반적으로 잘 알고 있듯이, 기행문을 수필처럼 쓴 글, 일기처럼 쓴 글, 누군가에게 편지를 보내는 형식으로 쓴 글, 또는 보고문 형식으로 쓰던 무관하겠지만, 내용을 견문 중심, 감상 중심, 연구 중심으로 병행함으로 우선 독자가 실제적으로 여행을 한 것처럼, 사실적으로 생생하게 묘사를 하여 여행지의 특색이 드러나는 문장으로 서술됨이 좋을 것이다.

4) 자연 수필작품

가침박달 외 2편

김 홍 은(수필가)

젊은 여승의 얼굴에 살며시 짓던 미소를 다시 보고 싶어 오늘도 화장사로 향한다. 손끝만 닿아도 금세 터질 것만 같은 청순하고 깨끗한 얼굴.

색깔로 비유한다면 조금치도 때 묻지 않은 순백색이다. 색은 광선에 의해 빛이 물체에 닿을 때 반사되어 흡수의 작용으로 우리 눈에 지각되어 남은 색이 결정된다고 한다. 색깔은 자연에서는 백색에서 시작되어 흑색으로 진행되다가 사그라지고 만다. 색의 시초가 백색이듯 여승의 미소는 꼭 그러했다. 꽃봉오리가 방울방울 피어내려는 모습만큼이나 평화롭고도 자연스럽다. 어쩌면 부처님이 짓고 있는 미소를 가만히 훔쳐 본 것이 아닌가하는 착각까지 들었다. 인간은 수많은 세월을 보낸 후에야 웃어 보일 수 있는 그 아름다운 미소이리라. 세파에 물들지 않은 천진난만한 어린이가 방긋이 웃는 그 웃음과도 다르다. 불교에서 말하는 극락에 사는 사람들이나 웃는 모습일지도 모른다는 생각에 젖었다.

몇 년 전의 일이다. 화장사로 가침박달꽃 사진을 찍으러 갔을 때다. 반쯤 열린 문틈으로 젊은 여승이 살며시 바라보고 미소를 짓고 있었다. 그때는 무심코 지나쳐 버렸지만 몇 년이 지나도 그 미소만은 내 머릿속을 떠나질 않았다. 이렇게 많은 세월이 흘렀건만 내 어이 그 순간의 살포시 미소 짓던 모습을 못 잊어 오랫동안 연연하는 까닭은 무엇일까?

가침박달!

생각만 하여도 여승의 모습이 떠오른다. 가침박달은 우리 고장에서는 화장사 근처서만 볼 수 있으며, 그곳에는 작은 군락을 이루고 있어 보호수로 지정되어 있다. 나는 인생을 살아가면서 수많은 웃음소리를 들어왔다. 그 많은 웃음소리보다도 더 가슴을 파고드는 여승의 소리 없이 짓던 미소는 잊혀졌다가는 어느 때는 문득 범종소리처럼 밀려와 속절없이 다시 보고 싶어진다.

외롭고 쓸쓸해질 때면 으레 그 여승의 미소를 떠올리며 화장사를 찾는다. 그러나 그때의 아름답게 미소 짓던 여승을 한 번도 볼 수가 없었다. 길을 간다거나 어느 한 모임에서든 젊은 여승의 미소를 찾아 보려고 여인들을 아무리 바라보건만 그런 아름다움은 온데간데없고, 질투와 시기가 둔갑한 웃음들뿐이다.

사람이 웃고 있을 때처럼 아름답게 보일 때가 없지만 웃는 모습이라 해서 반드시 곱게 보일 수는 없다. 웃음 속에는 욕심과 허욕과 가식의 때가 낀 세파에 물들어 시들은 웃음도 있다. 그러나 오욕칠정을 버리고 선에든 여승의 그 얼굴에 가침박달 꽃봉오리와 같이 방울방울 피워내던 미소. 그 미소는 속세를 떠나 인생의 한 껍질을 벗고 난 그 속에서 사물을 바라보는 해탈의 모습이라서 일까.

그 여승의 미소는 가침박달나무가 하얗게 피워내는 꽃물 든 자연의 아름다움에서 얻어낸 자태였으리라.

가침박달의 꽃봉오리를 바라보고 있으려면 여승의 미소를 보는 것만 같아 그렇게 마음이 편할 수가 없다.

가침박달은 푸른잎을 다 떨어뜨리어 낸 채 앙상한 가지만을 드러내고 있어도 밉지가 않다. 가을이면 가지 끝마다 앙증맞게 각을 지어낸 작은 열매들이 달려, 비에 젖고 이슬에 젖고 나면 바람에 날려 숲속에 떨어져 어쩌다 싹을 틔우는 나무. 그 나무의 이름조차 아는 이가 드물다. 겉으로 보아서는 보잘 것 없는 작달막한 키를 가진 모습이지만 초여름이 되면 하얗게 꽃을 피운다. 그때 그 여승의 웃음은 찾아 볼 길이 없지만, 가침박달 나뭇가지서만은 지난날의 고운 미소를 느낄 수 있어 꽃이 핀 그 숲속을 헤맨다. 가침박달의 꽃같은 미소를 피워내는 꽃다운 인생이 될 수만 있다면 헐벗고 살아간들 무엇이 부끄러우랴.

나는 그 여승이 부럽고도 그립다.

가침박달나무의 푸른 숲에 몸을 묻고, 하얀 꽃속에 마음을 쏟고, 그리운 생각에 빠져있던 어느 날. 그 여승은 조용히 내게로 다가와 환하게 웃으며 가침박달나무 꽃가지를 꺾어주고는 말없이 돌아갔다. 한동안 넋을 잃고 뒷모습을 바라보았다. 아…… 환상이었다.

손에는 가침박달의 하얀 꽃가지만을 쥔 채 멍청하니 서서 꽃봉오리를 들여다보니 여승의 미소가 피어나고 있었다.

그 이후 참으로 오래간만에 화장사를 찾았다. 화장사를 올라가는 산기슭의 산천은 울긋불긋 만산홍엽으로 가득하고 감나무 가지에는 붉은 홍시가 주렁주렁 매달려 가을이 깊어 있음을 짐작케 했다. 화장사의 낡은 툇마루에는 저녁 해가 서성이고 댓돌 위에는 여승의 흰 고무신 한 켤레만이 가지런히 놓여있다.

마당 옆에 서있는 늙은 느티나무에서 떨어진 낙엽만이 이따금 찬바람에 날려 바스락대며 마당을 뒹굴 뿐이다. 오갈 데 없는 사람이 되어 마루에 걸터앉으니 무심한 생각에 젖어 한숨만이 솟는다.

몸의 병은 약으로 고칠 수 있지만 마음의 병은 다스릴 길이 없구나. 괴로워하는 마음도 사랑하고 싶은 마음도 부질없는 일임에, 만날 사람도 떠나보낼 사람도 없는 세월 속에서 그리운 추억만이 늙어가는 건가.

황혼을 발끝으로 차내며 터덕터덕 산기슭을 내려오니 누군가 나를 부르는 소리가 귓전에 들리는 것만 같다. 돌아보니 풍경소리만이 외로움을 털어내고 초승달이 어느새 솟았는지 가침박달 나뭇가지에 걸려 빙긋이 눈웃음 지으며 내 뒷모습을 바라보고 있다.

대나무

창호지로 바른 들창문에 달빛은 풍죽(風竹)을 그려 놓는다.

밤은 깊은데 풀벌레 울음마저 달빛에 젖어, 더욱 고즈넉하게 들리고 이따금 부는 바람에 움직이는 화폭은 현묘(玄妙)함을 더해 준다.

이 아름다움을 두고 어찌 잠에 들 수 있으랴.

한 폭의 사군자를 바라보며 잠을 설치던 지난날들이 잊혀 지지 않는다.

겨울 아침이면 하얗게 쌓인 눈 속에 보이는 파란 댓잎은 무엇보다도 신선해 보이고 고고하게 느껴졌다.

댓잎을 겨울에 보면 푸름이 정스럽고 은근한 멋이 있다.

한 해에 자란 줄기는 초본이라기에는 너무 단단하고, 목본이라 하기에는 어딘가 부족하고, 그러면서도 당년에 자라 그대로 굳어 가는 줄기의 신비로움이 마음에 끌린다.

비록 속은 비어 있어도 외유내강(外柔內剛)의 굳은 심성을 담고 있는 야무진 삶이다. 거기에 잎도 줄기도 뿌리도 소리를 담고 사는 음악성을 지닌 식물이다.

추적추적 비가 내리는 밤이면 대나무로 퉁소를 만들어 불어보고 싶다.

나뭇가지에 연둣빛 속잎이 피어나는 봄에도 불고 싶고, 깊어 가는 가을밤이면 낙엽이 지는 휘영청 달 밝은 밤에도 불고 싶다. 함박눈이 소리 없이 내리는 이슥한 밤이나, 두견새가 애타게 우는 밤에도 들창문을 열어놓고 하염없이 소리를 내고 싶다.

아무도 없는 텅 빈 방안에 홀로 있을 적에도 불고 싶어진다. 공연히 울적한 마음이 생기거나 고독해지면 퉁소 소리로 마음을 달래고도 싶고, 떠나간 연인이 그리워질 때도 퉁소를 불고 싶어진다.

내가 부는 퉁소 소리는 뚜렷한 가사나 곡조도 없는 대나무 줄기를 통하여 그저 울려 나오는 한갓 소리일 뿐이다. 세월이 흐르면서 그 소리는 높기도 하고 낮기도 하고 때로는 길어지다가 짧아지기도 한다. 그러나 소리가 하나의 음률이 되어 퍼져 나가지만, 손놀림에 따라 소리의 변화가 되어 마음속 깊이에서부터 울려 나오는 쌓인 슬픔이기도 하고 괴로움이기도 한 눈물이며 한숨이다.

사람은 누구나 가슴속 깊이에 푸른 바다 같은 슬픔이 고여 있기도 하고 산사의 풍경 소리 같은 고요로움도 스며있지만 그 속에는 고독이 담겨져 있다.

어느 때는 바닷가의 철썩이며 부서지는 파도 같은 아픔도 있다.

이런 인생의 어떤 응어리진 것들을 가슴속에서부터 퍼 올려 퉁소에 자신의 애환을 담아 어디론가 흘러 보내다 보면 어느덧 마음이 조금은 후련해진다.

퉁소 소리는 어린 시절로 돌아가고픈 그리움이요, 청춘시절 애타게 그리던 사람을 그려보고 싶은 소리이며 그리운 이에게 띄워 보내는 사랑의 하소연이기도 하다.

퉁소 소리는 나의 한이 담긴 아픔이다.

누가 이 소리를 알아들을 것인가.

어느 때는 통소를 불면서 스스로 그 소리에 빠져 들어간다. 통소 소리는 첫 몸 손님이 찾아와 어쩔 줄 몰라 당황하는 소녀의 두근대는 가슴이기도 하고, 어느 때는 수줍음을 타는 듯한 초승달 같은 느낌이기도 하다가 애련하게 보이는 그믐달 같은 마음이기도 하다. 통소 소리에 사랑하던 그리운 여인의 모습이 떠오르면 알 수 없는 상념 속으로 빠져 들다가 스르르 잠이 든다. 통소 소리는 홀로 남아 허공을 떠돌다가 바람에 서걱거리는 풍죽(風竹)으로 남아 여인의 절개를 지키는 몸부림으로 밤을 지샌다. 한 가닥 듣고자할 것 없는 가냘픈 소리지만 내 혼의 울음소리이다.

혼의 울음이여!

구년통소 십년 해적(解笛)이라던가?

신라 때의 만파식적은 아니련만 내 영혼을 달래줄 오죽으로 만든 일곱 마디진 통소를 가슴에 안아본다. 내 영혼의 흐느끼는 소리를 들으며 인생의 삶을 다독인다.

대나무는 오미(五美)를 지녔다는 생각이 든다. 그러나 고고한 멋을 지니고도 뽐낼 줄을 모른다. 남에게 소리의 은혜를 베풀어도 허비치 아니하고, 수고하였지만 원망을 사지 아니하며, 태연하되 교만하지 아니하고 위세가 있어도 사납지가 않다.

대나무는 이와 같이 덕을 안으로만 지니고 있어 예부터 선비들이 즐겨 심었던 것이 아니었던가.

사군자 중에서도 대나무의 모습을 바라보고 있노라면 대쪽 같은 여인의 가슴이 얼비치기도 하고 달빛 속에 서 있는 조선의 여인 같기도 하다.

그뿐 아니다 대나무가 담고 있는 오음(五音)인 궁, 상, 각, 치, 우를 누가 감히 탓하며, 곧게 뻗어 올라간 줄기의 멋진 풍채는 말해 무엇하겠는가. 잘리고 나면 한갓 보잘 것 없는 대나무 토막에 불과한데 어떻게 이런 아름다운 소리가 나올 수 있을까?

통소 속의 공기가 입술의 진동에 의해 공명되어서 울리게 되는 것이라 하지만 그 속에는 내 영혼의 울음이 담겨 있다.

오늘 밤도 달빛에 젖어 퉁소 소리로 하여 혼의 몸부림 소리를 들으며 대나무처럼 멋스런 나무가 되어 살아가고 싶다는 것은 나만이 감성에 젖는 생각일까?

바람이 분다.

바람에 일렁이는 대나무의 풍치를 멀리서 바라보니 잊혀져가는 인자한 한국의 여인들이 수없이 서 있는 것만 같다.

난蘭 앞에서

난 잎에 묻은 먼지를 오랜만에 대충 닦아주었다. 분무기로 물을 뿌려주니 잎이 금세 생기가 도는듯하다. 물기가 묻어서 그런지 불빛에 윤기가 조르르 흐른다. 전깃불을 끄고 희미한 달빛으로 바라보는 잎의 곡선미가 더욱 그윽하게 가슴으로 젖어든다.

살포시 늘어진 난 잎은 깊은 산속에서 바라보는 실낱같은 초승달 같다. 불빛에 어리는 난 잎의 그림자는, 어쩌면 초저녁 나그네의 마음을 흔들어 놓는 가냘픈 새색시의 간드러진 눈썹 같다고나 할까. 난을 마주하고 있으니 오늘은 공연히 쓸쓸함이 스며들어 하얀 눈으로 덮어버린 깊은 산속의 외딴집에 와서 홀로 머무는 듯도 하다. 마냥 고요함에 젖어드는 슬픔 같은 것들이 가득히 밀려드는 느낌이다. 겨울을 맞는 난의 마음이 이러한 걸까.

지난 가을이었다. 참으로 몇 년 만에 난 꽃이 처음으로 피었다. 너무도 신기해서 어쩔 줄을 몰랐다. 마디마디 자라 올라가며 꽃눈이 터지면서 쏟아놓는 은은한 향기는 고고하다. 공자는 난의 화품을 두고 왕자향(王者香)이라고 표현을 하였음을 조금은 알 듯 하기도 했다. 아름다운 꽃은 한 달이 넘도록 피어있었지만 안타깝게도 혼자서 보았다. 아침저녁으로 홀로 보기는 아까웠어도 집이 누추해서 누구를 초대할 수가 없었다. 비록 가난하게는 살지만 난 꽃이 피어 있는 동안은 내내 마음을 부자로 만들어 주었다. 난 꽃은 화려하게 피지는 않았으나 없는 듯, 그윽이 고결한 향기를 담아냄에 더 정겨웠다.

달빛 속에 바라보는 난 꽃은 멀리 떠났다 다시 돌아온 연인 같은 생각이 들기도 하였다. 어찌 보면 그리운 이가 수줍어하듯 화사하게 미소 짓는 모습이다. 달밤에 난 꽃의 감상은 황홀하다. 소박하면서도 도도하지만 안으로는 보드라운 고요한 여인을 대하는 느낌이다. 겉으로 크게 화사함으로 들어내지는 않으나 마음속에 숨겨둔 청아함의 기품을 은근히 담아낸다.

추적추적 비가 내리는 밤도, 허욕에 물들어 괴롭게 살아온 세월도, 인생의 바람에 펄럭이던 문풍지소리도 조용히 잠들은 채 고희를 지나는 마루턱에서 외로운 눈물이 흐르는 소리가 가만가만 들린다. 달빛이 젖어드는 늦은 밤이면 연구실의 창문을 닫고 가난한 발자국소리로 어둠속을 뚜벅뚜벅 걸어가던 젊은 날의 회상들도 난 잎으로 조용히 밀려왔다.

이런 밤이면 왠지 허전하고 슬픔 같은 쓸쓸함이 가슴으로 자꾸만 차오르면 자신도 모르게 난 옆에 가서 자주 앉게 된다. 가만히 난분을 가슴에 안고 달빛을 바라보면 지난날의 추억들이 난 꽃으로 피어난다. 잎의 먼지를 닦으며 달빛으로 바라보는 난 잎의 아름다운 곡선미는 향기만큼이나 흐뭇하다. 여유로운 듯하면서도, 곱고도 가냘프게 벋어나간 유연미로 삶에서 묻어나는 정을 배운다. 난향천리(蘭香千里)를 바라던 나는 향기만을 좋아 할 줄 알았지 언제나 변함없는 난의 푸른 정은 모르고 살았다.

평소에 물도 한번 제때에 맞춰서 주어본 적이 없다. 선물로 보내준 사람의 성의에 반도 미치지 못하는 마음으로 겨우 생명을 유지시켜 주었을 뿐이다. 돌이켜 생각해 보니 보내준 고마움도 잊었고, 난에게도 무심하게 살아왔었음을 오늘 밤에서야 미안함을 갖는다. 물주는 정성도 다하지 못하고도 꽃이 피기만을 기다리는 욕심을 부렸던 마음이 새삼 부끄럽다.

어머님이 생존해 계실 적에는 보잘 것 없는 화분이라도 소중하게 식물을 기르셨다. 이제는 하나둘 다 죽고 몇 개 안되는 난분만이 베란다를 지킬 뿐이다. 난 꽃이 피면 그리도 향기를 좋아하시던 어머니. 달이 뜨는 밤이면 주무시다 말고도 살며시 난 앞에 와서 계셨다. 고향에서 사실 적에도 장독 옆에다 작은 화단을 만들어 놓고 난초를 심고는 꽃처럼 환하게 웃으시었다. 어머니는 늘 난향 같은 정이 있으셨다.

이 난은 어디서 자라다 어찌하여 여기까지 왔는지는 알 수는 없지만, 오늘밤은 지난날의 살아온 고향을 그리며 시름에 잠겨 있을 지도 모른다. 이렇게 달빛이 쏟아지는 날은 난도 지난날의 살아오던 고향을 그리워하고 있겠지. 이런 밤이면 조용히 화선지를 펴놓고 붓을 들어 난을 친다. 마음은 어느새 한 송이의 난 꽃으로 피어나고, 묵향도 난향만큼이나 방안은 은은했다.

나는 많은 난분을 갖고 싶은 욕심은 없다. 그렇다고 많은 친구도 갖고 싶지도 않다. 저 난같이 향기를 안으로 담고 정을 주며 살아가는 친구가 한두 사람만 있으면 된다. 남에게 향기롭게 해 줄줄 아는 난향 같은 사람. 난 꽃이 피면 마음 놓고 부르고 싶은 사람이면 된다. 나는 난향 같은 깊은 향을 피우지는 못하나 난처럼 푸르게 살고 싶다. 난에게는 꽃피울 욕심을 내며 물을 주지만, 정작 부모님이 늘 말씀하신 덕을 쌓으며 살라는 인덕만리(人德萬里)의 깊은 뜻을 왜 자꾸만 잊고 살아가는 걸까.

19. 내 인생의 자서전 쓰기

1) 인생의 삶을 꽃이 되게

이 세상에 꽃을 싫어하는 사람은 아무도 없다. 꽃을 좋아는 하지만 가꿀 줄은 잘 모른다. 어떻게 하면 꽃을 아름답게 가꿀 수 있을까? 그 방법은 아주 쉽다. 식물을 기르는 방법을 똑바로 배우고 체험으로 실천해 보면 바로 깨닫게 된다.

인생의 삶은 아름답다. 인생의 삶도 꽃이 되게 할 수는 없을까?

사람도 자신의 삶을 꽃이 되게 만들 수 있다. 그 방법은 정말 쉽다. 살아가면서 욕심을 부리지 않으면 된다. 욕심 대신 남에게 베풀 줄을 알면 자신을 향기가 나는 아름다운 꽃으로 피울 수 있다.

아무리 지휘가 높은 사람이라 하여도 사회에 베풀지 않은 욕심뿐인 사람은 꽃을 피울 수가 없다. 욕심을 버리고 이웃에 작은 베풂이라도 실행한 사람은 아무리 작은 풀꽃으로 피어났어도 향기가 난다.

자신을 낮추고 겸손하게 덕망을 쌓으면 자신을 꽃으로 피어나게 할 수 있다.

2) 자신을 열매가 되게 하는 삶

모든 열매는 작건 크건 생명을 담고 있다. 천년을 땅속에 묻혀 있던 연꽃 씨앗이 발아되어 꽃을 피웠다. 사람의 씨앗은 천년이 지나도 늘 꽃으로 피어나 향기를 낸다.

어떻게 하면 그런 씨앗이 되게 할 수 있을까.

살아가는 동안 아름답게 덕을 쌓은 꽃으로 피어나게 되면 그런 열매가 될 수 있다. 누구나 그 꽃과 향기를 그리워하며 많은 사람들은 그 씨앗을 뿌리게 된다. 바로 자신의 삶을 이런 씨앗으로 만들어라.

사람은 인생을 마무리하며 자식들과 후손들에게 꽃이 되고 열매가 되는 방법을 가르쳐 주어야한다. 또한 주변 사람들에게 경험에서 얻어진 값진 이야기를 유언으로 남기고, 이에 대한 소중한 체험과 인생사를 책으로 남겨놓고 싶어 한다. 저마다의 특징 있는 삶들을 글로 한 편씩 모아 엮어지게 되면 귀중한 책이 되게 마련이다. 이것이 바로 그 사람이 살아온 자서전이다.

자선전은 글을 통하여, 인생의 살아가는 방법을 깨닫게 되고 인생 人品을 배우게도 된다. 또한 작품을 읽는 동안 그 시대의 역사와 문화를 배우게 되고 느낄 수 있다.

자서전은 한 시대를 살다가는 인생의 경험을 가족이나, 후학들에게 들려줌으로 그들이 후회하지 않는 인생을 바르게 살아가게 함이다.

3) 자서전 쓰기의 방법과 요령

자서전은 자신이 살아온 사연들을 엮은 글이다. 한 인간이 살아온 값진 삶의 발자취다.

가난한 사람은 가난한대로, 부자로 살아온 사람은 부자대로 못 배운 사람은 못 배운대로, 배운 사람은 배운대로 인생의 고귀 삶이 진솔하게 담겨져 있다.

자서전을 쓰는 방법은, 일생동안의 내용을 담아낼 수도 있고, 학창시절이나 젊은 시절의 일부분만 엮을 수도 있다. 자신이 쓰고 싶은 사건에 해당되는 일부분의 내용만 담아낼 수도 있다.

자서전은 자신을 뒤돌아보며 반성하고, 성찰하여 그 삶의 의미를 가치화 하는데도 그 뜻을 둠이다. 이런 점에서 자서전을 남겨놓는 일은 보람됨이라 하겠다.

○ 자서전 쓰기의 방법

자서전 쓰는 방법은 여러 가지 방향으로 생각할 수 있다.

예를 든다면 다음과 같이 크게 나눌 수 있다.

■ 성장기별

(1) 유년기 (고향과 가족)

(2) 소년기 (인생의 출발과 꿈)

(3) 청년기 (꿈을 향한 노력, 고뇌)

(4) 중년기 (꿈의 좌절과 성공의 길)

(5) 노년기 (실패와 성공의 반성 : 인생의 회고)

■ 활동기 별

(1) 탄생기 (고향, 부모, 가족 등 사연)

(2) 학창기 (초등학교, 중고등학교, 대학, 유학)

(3) 사회활동기 (공직생활, 회사, 자영, 종교 등)

(4) 정년기 (모든 사회활동을 마무리)

(5) 황혼기 (인생의 회고와 인생철학)

■ 생장기별

(1) 10대기	(2) 20대기
(3) 30대기	(4) 40대기
(5) 50대기	(6) 60대기
(7) 70대기	(8) 80대기

위와 같이 한 인생을 나누어 어떤 사건(이야기꺼리)을 세분화하여 하나하나의 작은 소재들로 만든다. 솔직하게 당시의 체험과 생각을 쓰면 된다. 자서전을 쓸 때는 어떤 기록이나 참고가 될 만한 자료(일기장, 사진, 신문 등)를 이용하면 더욱 생생하게 그 상황을 감동으로 다가가게 할 수 있다.

○ 자서전 쓰기 요령

(1) 사건(소재)이 되는 이야기꺼리를 찾아내기 (회상, 현지조사)

(2) 소재 만들기 (일기장, 기록물, 신문, 사진 등 자료를 준비)

(3) 기억해 내기 (기억을 더듬기 위해 가족, 친구, 동창생을 만나 대화를 나눈다.)

(3) 시대별 소재 (소년기, 청년기, 중년기, 노년기로 소재를 나눔)

(4) 소재에 따른 글쓰기 (솔직하게, 재밌있게, 교훈이 되게)

(5) 목차 만들기 (소재 정리 및 편집)

20. 문학을 담은 자서전 만들기

발표자 김홍은

자서전은 사실적인 경험만의 이야기를 쓴다. 그러나 때로는 감칠맛 있는 문장 표현이 있을 때 읽기가 편하고 지루하지가 않다. 자서전을 쓰려면 충분한 자료를 준비해야 한다. 우선 필요한 내용을 담을 세세한 이야기 속에는 전하려는 의미가 은은하고 재미있게 느껴져야 글을 끝까지 읽게 된다. 남다른 관찰과 인생경험으로 폭넓은 지식과 예지로 문장을 감성적인 수필형태로 이끌음이 좋다.

자서전이란 꽃이 지고난 후 맺는 열매와 같다. 열매에는 생명의 씨앗이다. 작은 씨앗을 흙속에 묻으면 새싹이 돋아나 한 포기의 풀이 되고 나무가 된다. 이들의 식물은 사람들에게 유용의 가치가 될 때 소중히 여긴다. 이처럼 소중한 의미를 담는 글이면 좋겠다. 더러는 수필문학이 담겨져 있는 자서전이면 더 좋겠다.

수필쓰기의 강좌를 하면서 느끼게 된 점이다. 처음부터 좋은 수필을 쓰기는 어렵다. 수필은 지난날의 추억이나, 체험을 바탕에 두고 다양한 생각으로 쓰게 된다. 처음에는 누구나 주변의 잡사한 이야기를 이끌어낸다. 초보자의 글은 세련되지 않아 주변에서 일어난 자질구레한 내용들이 많다. 그렇다고 수필작품이 아닐 수는 없다. 그 나름대로의 뜻을 담고는 있다.

이러다 보니 다른 장르의 작가들이 수필을 얕잡아 폄하하는 경우가 있다. 원래 수필의 소재는 지신의 모든 경험을 토대로 하여 쓰게 마련이다. 체험에서 얻어낸 지혜가 스며있는 사색과 철학, 해학과 인생의 진솔한 삶이 담겨져 있다.

이 같은 작품을 많이 쓰다보면 자신의 삶이 자연스럽게 다 들어나고 만다. 이런 글들이 모여지다 보면 수필집도 만들어 지겠지만, 어느 때 가서는 알게 모르게 자서전을 엮는데 크게 도움이 된다.

한편 수필작품을 바탕으로 한 내용을 조금씩 각색하게 되면, 소설작품으로 꾸밀 수도 있다.

수필쓰기가 어려우면, 아예 처음부터 자서전을 쓴다는 생각으로 글쓰기 공부를 시작하면 크게 어려울 게 없다.

겨울이면 생각나는 얼굴 외 4편

김 홍 은

창밖에는 희끗희끗 눈발이 날리고 있었다. 마침 크리스마스 이브이기도 하지만 나에게 찾아온 사람이 있었다.

내가 근무하고 있는 직장에는 학생실습림인 월악산이 있어 2400정보나 되는 그 산을 관리하고 있을 때였다. 그 산 속에는 많은 화전민들이 살고 있었으므로 산화나 도벌사건이 간간이 일어났었다. 그 중 충북과 경북 경계인 깊은 산 속에 세 집이 살고 있었는데, 이 들은 모두 안식교 교인들이었다. 이곳은 관리소와 30리나 넘게 떨어져 있었고, 또한 산중에는 인가도 없는 험한 산길인지라 자주 순산(巡山)을 하지를 못하고, 늘 그 곳에 사는 화전민인 정씨라는 분에게 부탁을 하여 간접적인 협조를 받아왔었다. 그런데 믿었던 도끼에 발등을 찍힌다고 정씨가 그럴 줄이야…….

그 전 해에는 심한 가뭄으로 농사를 실패하는 바람에 살길이 막막하자 하는 수 없이 정씨는 도벌을 하였다. 아름드리 소나무를 2차가 넘게 베어 놓은 것을 마침 순산을 하다 발견하여 입건을 하게 되었다. 문경 쪽으로 도벌목을 실어내고자 계획을 하였던 모양이다.

정씨는 청원경찰에 의해 수갑에 채여 산 속의 30리 길을 애처롭게 내려오며 수없는 용서를 빌었다.

"밭을 갈래도 힘이 없고, 먹고 살래도 먹을 게 없어 풀뿌리를 캐어다가 죽을 끓여 먹으며 여섯 식구가 죽지 못해 살아 왔시유. 참말 죽을죄를 졌시유. 한 번만 용서해 줘유."

농부가 굶어 죽어도 농사지을 씨앗은 베고 죽는다고 하지만 이들에게는 봄에 뿌릴 씨앗마저 먹어버리게 되니 도둑질은 할 수 없고 눈앞에 보이는 소나무를 베었던 것이다. 못 먹고 못 입고 못 사는 화전민의 비참한 그의 검은 팔목에 채여 진 쇠고랑은 너무도 무거워 보였다. 청원경찰에게 끌려가는 그의 팔목에 매달려 몸부림치는 불쌍한 아내와 자식들의 모습을 바라보다 못해 말없이 눈물을 흘리면서 목이 메인 채 꺼어꺽 울며 산비탈을 내려오던 정씨. 그들 가족들의 울음소리는 고요한 산천을 산울림처럼 점점 멀어져 갔다. 그늘진 산록지인 음지에는 아직도 겨울동안에 쌓이고 싸여있던 흰 눈이 남아 있었으나 그래도 양지바른 바위 틈에는 생강나무의 노란 꽃봉오리랑 진달래꽃의 붉은 꽃망우리가 곱게 터지고 있었다. 오솔길을 내려오면서 법이 미운 것인지, 잘못을 저지른 정씨가 미운 것인지 나는 분간이 잘 가지 않았다.

12월 24일 오후, 창밖에는 어젯밤부터 내리는 눈으로 온누리는 백설로 뒤덮여 있었다. 더군다나 크리스마스 이브라서 들떠 있는 마음을 가라앉히면서 연탄난로 가에 앉아 간간이 무심한 생각을 하며 창밖을 내다보고 있을 때였다. 노크소리가 가볍게 들리며 살며시 문이 열리는 소리에 문 쪽으로 고개를 돌렸을 때였다. 한쪽 옆구리에는 빨간 보퉁이를 끼고 남루한 옷차림에 머리털은 보기 싫지 않을 정도로 길어있는 초라한 모습이 좁은 문틈으로 빠져 들어오고 있었다. 나는 나도 모르게 의자에서 벌떡 일어나며 소스라치게 놀랐다.(아니 저 양반 이…….)

“김 상감님, 저 만수골에 살던 정씨유, 지금 형무소에서 나오는 길이유.”

나는 말을 잊고 아무런 대꾸도 않은 채 의자를 난로가로 끌어 자리를 마련하여 주었다. 나는 속으로 가슴이 덜컹 내려앉으며 심장이 두방망이질 하여 오기 시작했다. ‘나에게 어떤 보복을 하러 온 것이 아닐까’ 온몸이 점점 굳어졌고 작은 사무실 안은 두려움의 침묵이 몰려왔다. 그러나 겉으로는 태연한 척 그의 주름 잡힌 얼굴을 바라보았다. 그의 머리 위에 내렸던 흰 눈이 녹아 가는 물방울이 되어서 이마 위로 흐르고 있었다. 순간 지난 봄 산천을 울리던, 그 가족들의 울음이 되살아나 눈물이 핑그르르 솟아올랐다.

“점심은 하셨어요?”

“예, 방금 먹고 오는 길이유.”

그의 목소리는 차갑게 내린 눈 속 밑바닥에 깔려 흐르고 있는 물소리처럼 가늘게 떨리면서 무겁기만 하였다.

남루한 옷깃에는 가난의 세월들이 덕지덕지 달라붙은 실오라기들이 나발나발 일어나 그를 더 초라하게 만들었다.

그는 한동안 묵묵히 있더니 입을 열었다.

“김 상감님, 저는 형무소에서 많은 걸 배우고 왔어유.”

“…….”

나는 아무런 답변을 하지 않고 고개만 끄덕이며 희끗희끗한 그의 머리털이 외롭고 쓸쓸하게 살아온 그늘진 모습에 공연히 가슴이 뭉클하여 왔고, 가난하고 못 배워 많은 이들로부터 천대를 받으며 살아왔던 고향에 계신 아버지를 생각하게 했다. 보리죽을 끓여 먹고 배를 곯으면서도 못 배운 서러움에 자식에게만은 이 슬픔을 넘겨주지 않으시겠다고 이를 악물며 많은 피눈물을 흘리면서 이집 저집 찾아다니며 빚을 내어 손에다 들려주시던 등록금.

아버지는 학비를 마련키 위해서는 이보다 더 많은 슬픔을 지녔을 게고 어느 때는 엄청난 비극의 공상에 잠을 이루지 못하시고 계셨을지도 모른다. 그럴 때는 사랑방에서 깜박이는 호롱불을 켜 놓으시고 다 꺼져 가는 화롯불을 다독이며 쓴 담배에 마음을 달래시던 때가 한두 번이 아니셨을 게다.

정씨는 굶어 죽지 않으려고, 그보다는 처자식들을 위해 도둑질보다는 나무를 베어다 파는 편이 마음의 죄를 덜 짓는 것으로 여겼을 것이다.

나는 자신도 모르게 조용히 한숨을 내쉬었다.

"김 상감님, 죽지 못해서 이렇게 찾아 왔시유, 목구멍이 포도청이라고 이 한겨울 산속에 들어가 살수가 없을 것 같애유. 지가 이렇게 살다가 나오고 보니 아마 농사도 제대로 짓지도 못하였을 거고, 그러니 어린것들하고 굶어 죽을 수는 없지 않아유. 지가 찾아온 것은 다른 게 아니라. 그 때 베어 넘겨놓은 나무가 썩어서 재목으로 사용하기가 어려울 테니 그걸 저에게 주시면 장작으로 만들어 문경장에다 팔아 겨울만 살아갈 수 있게 하여 주신다면 그 은혜는 평생 잊지는 않겠시유."

그의 목소리는 더없이 측은하게 들리면서 가엾게 보여졌다. 남의 앞길에 비참하게 살아왔을 나의 아버지를 더욱 연상케 하였다.

"정 주사님, 딱한 사정입니다만 그건 제 마음대로 답변을 드릴 수가 없네요. 잘못하다보면 또 산림법에 저촉이 됩니다. 그러니 정 주사님이 알아서 처리하여 주십시오."

그는 알았다는 듯이 고개를 두어 번 끄덕이면서 쓸쓸히 자리에서 일어나며 "가난이 죄이네유, 그럼 안녕히 기(계)셔유" 하고 정중히 고개를 숙이고는 문 밖으로 나갔다.

밖에는 무섭게 눈이 쏟아지고 있었다. 그는 눈 속에 파묻힌 듯 숲 속의 나뭇등걸인 듯 분간할 수 없을 만큼 멀어져 갔다. 나는 양복 주머니에 손을 넣어 보았을 때 나불나불 해진 지폐 몇 장이 궁색하게 살아가고 있는 자신을 대변하여 주고 있었다.

그 후 그는 나의 가슴속에 늘 살아남아 있다.

내가 생활에 조금 여유가 생겨 그를 다시 찾았을 때 그는 이미 세상을 등진 뒤였고 그의 남은 가족들마저도 뿔뿔이 흩어져 찾을 길이 없었다.

이 겨울은 눈이라도 푸근히 내려준다면 그 실습림 정씨가 머물던 산골짜기라도 찾아가 보고 싶다.

월악산 달빛

월악산의 달밤은 생각만 하여도 눈물이 핑 돈다. 이런 밤이면 지난날의 그리움에 젖어 자신도 모르게 창문을 열고 하염없이 달을 바라본다.

달은 그때나 지금이나 변함이 없다. 달빛에 젖어 잠이 들던 산기슭의 신갈나무들은 아기자기하거나 옹골지게 때로는 고달프게 자라고 있었다. 달빛이 없으면 나무들도 산도 더 무서운 밤이었다. 월악산 국사봉 위로 떠오르던 황홀한 둥근달은 사랑이 되어 외로움에 떨고 있는 쓸쓸한 마음을 어루만져주던 저 달빛.

달빛은 오늘 따라 더 고요하게 느껴진다. 귀뚜라미의 울음소리마저 인생만사의 희노애락으로 한숨에 젖어들게 한다.

달은 첫사랑의 연인이 되어 오늘밤도 창공에 높이 솟아, 낮은 목소리로 부르는 듯하다.

달은 누구에게나 사랑하는 연인이다가, 때로는 친구요, 어머니다.

저 고요한 달빛의 아름다운 자태는 바라보고 있는 것만으로도 그냥 위안이 된다.

마구 무엇인지 하소연하고 싶은 마음이다.

가슴속으로 넘쳐나던 누군가를 보고 싶어 외로움에 몸부림치는 날이면 돌아올 사람도 없는데, 달은 마중을 나가게 만든다. 마음은 무작정 동구 밖의 산길을 터덕터덕 걷다가 밤이슬에 채이며 되돌아오던 달빛과의 사랑.

고요한 월악산 밤의 달빛이여!

쓸쓸한 온몸을 감싸주던 달빛이여!

국수골 다라매기 화전민 집의 등불도 꺼지고 나면 더 허전하고, 달빛에 젖어 고요한 골뫼의 화전마을은 밤이 깊은 채로 그저 울고만 싶은 밤이었다.

계곡물소리도 잠들었는지 물결위로 달빛이 일렁이면 내 마음도 따라 출렁대던 슬픔이 눈물로 주르륵 흘러내리던 밤. 고요한 달빛의 눈물도 마구 쏟아져 내리던 고독하던 시간이었다.

달도 울었다.

아니, 그 곁에서 내가 울었다.

낙엽도 달빛에 지고 있다. 소리 없이 눈물이 쏟아진다.

그리움에 응어리진 사랑의 멍든 언어들이 달빛 되어 월악산 골짜기를 가득 메우던 수많은 밤들이 되 살아나고 있다.

아름다워라 저 달빛.

달빛은 가을바람 등에 업혀 화전 이랑의 빈 옥수수 대 위로 마구 쏟아져 내리던 고요함의 쓸쓸한 소리가 아직도 들린다.

참으로 고요하다.

가을밤의 달빛은 더 은은하며 고요하다.

사랑이여, 달빛을 몸에 두르고 고요를 풀어헤치고 사쟁이 마을 앞, 신라의 천년사직 빈신사지 석탑에서 잠이 들다 떠나가는 나그네의 발자국에 밟히던 달빛이여.

마의태자의 마음이 이러하였던가. 달을 바라보던 덕주공주의 가슴이 이러 하였을까. 오늘밤은 저 달이 부서져 풀잎마다 영롱한 달빛으로 반짝인다.

동산분교의 처마에 매달려 시간을 알려 주던 종도 잠이든지 오래다.

이따금 늘어진 종 줄은 바람에 흔들리지만 달빛만 시간을 알아차리는지 어느새 창공에 높이 솟아 있다.

텅 빈 운동장에는 둥근 달빛만이 가득하다.

시소 틀 위에도, 철봉대에도 그네 줄에도 앉아 있다가, 학교어린이가 되어 까르르 웃고 있다.

달은 나의 어린 시절도 내 그리운 연인의 얼굴도 모두 다 알고 있다. 달은 내 마음의 거울이다. 떡분이 친구들이 몰래 내 일기장을 훔쳐가게 만든 것도 순전히 저 달빛마음 탓이다. 그들도 지금은 깊은 잠에서도 그 때의 달과 만나겠지.

동짓달 초아흐레 날은, 내가 한없이 사랑하던 첫 사랑의 여인이 떠나가던 날이었다.

그 밤은 하얗게 쌓인 흰 눈 위에서 몸부림치며 울고 또 울었다.

그날 밤은 달도 이지러지도록 함께 울었다.

그 이후로 초아흐레 달은 나의 첫사랑이 되었고, 보고플 때는 늘 달을 바라보았다.

달은 산 아가씨이다.
달은 정을 담고 있는 속내를 들어 내지 않는 연인이다.
달은 누구에게나 웃다가 울다가 슬퍼하다가 떠나가는 그리움이다.
달은 영원한 모두의 사랑이다.

어느 깊은 여름날 밤이었다. 달이 옹달샘에서 목욕을 하고 있었다. 돌다리를 건너다 말고 몰래 훔쳐보니 속살이 너무도 희다. 가던 발길이 떨어지질 않는다. 아! 황홀하다. 눈이 부시다. 정을 나누고 싶은 욕심이 들던 그 밤.

가을밤의 달빛이여, 원고지 위로 마구 쏟아지는 고독한 사랑 그믐달이여. 너무도 아름다운 고요로움이여라.

달무리의 은은함이여!
고요한 달빛 사랑이여!

그리운 월악산

산이 그리워진다는 것은 그만큼 인생을 살았을 때부터인 것 같다.

내 어린 시절은 봄이면 진달래꽃이 좋아서 산을 올랐고, 여름이면 개암을 따러 갔다. 그러나 개암나뭇잎 뒤에 붙어 있던 쐐기에 쏘인 이후로는 산에 오르려면 두려움이 앞섰다. 가을이면 산밤을 따러 갔지만 다람쥐가 다 까먹고 빈 껍질만 바위틈에 소복이 모아두기도 했다. 그렇지만 더러는 나무에 달려있는 한두 개의 밤송이는 헛걸음질 하는 마음에다 기쁨을 달아 놓고 있어 더없이 즐거웠다.

어릴 적에는 겁이 많았던 탓으로 높은 산을 오르지는 못하였다. 심산에 가야 머루, 다래, 으름을 딸 수 있었지만 그런 산에는 호랑이가 있다는 바람에 어른들도 냉큼 나서지를 못하였다. 이런 탓으로 늘 산은 두려움이 앞서 있었다. 그렇지만 그보다 더 무서웠던 것은 애장이었다. 어린애가 죽으면 남들이 눈에 잘 띄지 않는 새벽에 가마니에 둘둘 말아서 지게에 져다가 뒷동산기슭의 양지바른 숲 속에다 묻었다. 어떤 때는 여우가 애장에 굴을 만들어 놓은 줄도 모르고, 그 옆을 멋모르고 지나다가는 놀라, 더욱 소름이 끼치기도 하였다. 그래서 동네 아이들과 몇몇이 떼를 지어서 산을 올랐고, 산나물 뜯는 누나를 따라서 가거나, 나무를 하러 가는 일꾼의 지게고리를 붙들고 산을 오른 이외는 무서운 곳으로만 남아 있었다.

그러나 내가 자라면서 월악산은 잊을 수 없는 기억으로 뿌리 깊게 남아 있는 것은 산울림이 있어서가 아니다. 내 인생의 삶이란 어떻게 살아야하는가를 깨닫게 한 곳이라 서다.

대학 3학년 때의 일이다. 짓궂은 친구들이 꽃뱀을 신문지에 싸서 나의 연인에게 보낸 사건 이후로 만날 수 없는 괴로움이 되고 말았다. 한번 틀어진 여인의 마음은 영 돌아서질 않았다. 그 후로는 가슴에 쌓이는 그리움은 늘 고독한 나그네가 되어 방황을 하였다.

가을비가 내리는 밤이면 더욱 괴로워 낙엽이 되어 비에 젖듯 마음은 눈물로 젖었다. 흰 눈이 내리는 허허로운 들판을 미친 사람처럼 걸으면, 그리운 지난날의 사연들은 눈처럼 곱게 쌓이기만 하였다. 나는 아픔을 더 이상 참을 수가 없어, 정처 없이 떠나 정착한 곳이 바로 월악산이었다.

애열(哀咽)을 참다못해 몸부림칠 때면 월악산의 깊은 계곡에서 지치도록 울었다. 그때마다 월악산은 산울림이 되어 나보다도 더 크게 울어주었다.

월악산은 바람소리로, 물소리로, 때로는 새소리가 되어 허전해 우는 내 마음을 달래주기도 하고, 이름 모를 풀꽃으로 다가와 슬픔을 잊게도 하고, 은은한 자연의 향기로 마음을 포근히 감싸주었다.

밤이면 맑은 하늘의 별들을 바라보며, 외로움을 달래기도 하였다. 어느 날에는 잠 못 이루어 서성일 때면, 월악산은 봉우리에 달빛을 걸어 놓고, 밤안개로 드리운 채 내게로 다가와 지난 추억들을 달빛에 부서지게도 했다.

때때로 월악산은 나의 사랑하는 여인이 되어 주었다. 그러면서 나에게 진실한 사랑이 무엇인가도 가르쳐 주었고, 인생이란 어떻게 살아가야 하는가의 눈을 뜨게도 만들어 주었다.

월악산은 참으로 멋진 여인이다.

봄이면 산 계곡이나 산등성은, 분홍빛 철쭉꽃치마로 갈아입고, 봄바람에 나풀대는 꽃그림자를 날리면, 맑은 물은 연분홍 꽃물이 들도록 아름답게 흘렀다. 그러면서도 밤에는 숨겨 놓은 깊은 사연이라도 있는지 고요히 깊어 가면 더러는 칼새의 울음이 되어 흐느껴 울 때도 있었다. 이런 밤이면 월악산도 나도 함께 소리 없이 울면서 날이 밝아오기를 기다렸다.

아침이면 언제 울었냐는 듯, 월악산은 상봉에 흰 구름을 올려놓고, 빙긋이 웃는 얼굴로 애연한 푸른 솔바람소리의 웃음을 들려준다. 무더운 여름이면, 더위에 못 이겨 소낙비를 맞으며 고모서리 골짜기에 비에 젖은 푸른 치맛자락 사이로 속살을 드러내 보이는 월악산여인은 참으로 아름답다 못해 신비롭기만 하였다. 또한 가을이면, 만학천봉의 불타는 듯한, 금수청산은 월악산을 두고 이르는 듯했다.

신비의 여인 월악산 -.

신라천년의 덕주공주의 슬픈 숨결이 잠든 곳.

월악산은 사랑의 괴로움을 참을 줄도 안다. 아무도 모르게 애태운 가슴이 끝내 푸르름을 잃고 찬란한 사랑의 빛으로 남아 바람에 한 잎, 한 잎, 낙엽이질 때면 쓸쓸한 가을의 여인이 되어 나를 더욱 외롭게 만들기도 하였다. 겨울이 오면 수도승이 되어 욕심을 덜어내고 백설에 묻혀 깊은 침묵에 빠져 잠들어 있는 듯 말이 없었다.

연인의 결혼 청첩장을 받은 것은 월악산에서 눈이 내리는 겨울이었다. 청첩장을 받아든 후 나는 오랫동안 넋을 잃었다. 그래도 그녀는 내 곁을 떠나지 않을 거라는 막연한 생각으로 세월을 보냈건만…….

산비탈의 수많은 나무들을 끌어안으며 몸부림을 쳤다. 앙상한 나뭇가지에 남아있는 낙엽도 나의 슬픔을 눈치라도 채었는지 쓸쓸한 바람소리로 떨고 있었다. 미친 듯 그녀의 이름을 불렀지만 산울림은 신음소리가 되어 낙엽위로 슬프게 뒹굴어댔다. 그해는 흰 눈이 너무도 많이 내렸다.

괴로운 슬픔을 참아내려고 때로는 월악산 골짜기에서 가난하게 사는 화전민의 아이들을 가르치며 슬픔을 이겨내려고 애를 썼다. 그러나 애별의 아픔은 어찌할 수가 없었다.

호롱불을 밝혀놓고 뜬눈으로 밤을 새울 때면, 찢어진 문풍지가 울기도 했다. 뒤 뜰 울타리 가에 심었던 빈 옥수수 대의 이파리가 바람에 나부끼어 바스락대는 소리는 연인이 다가오는 치맛자락이 끌리는 소리로만 들렸다. 그리움을 달래려 몸부림치며 지새우던 월악산의 기나긴 겨울밤.

괴로운 날들로 울며불며 산을 오르던 지난날의 슬픔이 있어 나는 월악산을 더욱 잊을 수가 없다. 지금은 지나간 사연들만이 계곡에서 이름 모를 풀꽃향기로 피어나 월악산을 찾아갈 때마다 늘 나를 젊은 날로 새롭게 되돌려주고 있다. 월악산은 아직도 고향의 산처럼 청솔가지 타는 매캐한 냄새로 가슴을 가득히 메워주고 있다.

월악산 올괴불나무

봄바람이 불면 공연히 안달이난다. 창가에서 누가 부르는 소리가 들려오는 듯하다. 겨우내 꼭꼭 닫아두었던 마음은 어느새 봄나들이를 하고 있다. 꽁꽁 얼었던 온 산천은 봄볕에 스르르 녹아내려 잔잔한 물결소리로 마냥 포근하게 들려온다. 이른 양지쪽 산골짜기에도 봄이 왔는지 올괴불꽃이 앙증맞게 피어나 있다. 꽃샘바람에 바르르 떠는 모습이 가여운 생각이 든다. 뭐가 그리도 급하다고 아직도 찬바람이 부는데 오돌 오돌 떨면서 저리 피어났을까. 부지런한 올괴불나무다.

꽃을 가만히 들여다보고 있으면 빛바랜 연분홍치마에다 빨간 꽃신을 신고 또박 또박 산길을 걸어가는 소박한 산아가시 같다. 어쩌면 이리도 고우면서 야리야리 하단 말인가. 이 꽃을 보면 반하지 않는 사람이 아마 없을게다. 산을 오른다 해도 웬만한 관심을 두지 않으면 올괴불나무 꽃은 보기가 어렵다. 이 꽃을 보면 총각 때 월악산에서 만났던 가엾은 어느 소녀 생각이 난다.

근무지인 월악산 골뫼 마을에서 아흔아홉 구비의 꼬부랑재를 넘어서 삼십 리길인 수안보에 도착을 해야 고향으로 가는 버스를 타게 된다. 돌아 올 때도 이 고개를 넘어야 한다. 인적(人跡)도 드문 외진 길이다. 수안보 장날이래야 골뫼마을 사람들이 이 고개를 넘나들 뿐이다. 쉬엄쉬엄 걸어서 꼬부랑 재 말랭이 바위에 걸터앉아서 땀을 식히고 나면 무겁던 다리도 조금은 거뜬하다.

겹겹의 산 능선을 멀리 바라보며 시선으로 따라가 본다. 높은 월악산 상봉을 위시로 병풍처럼 둘러친 봉우리들은 송계리 마을을 포근히 감싸 품어 안은 듯, 이 산골은 아늑하게 느껴온다. 외진 숲속에 잠시 머무른 발길은 갈 길도 멀고 저물어가는 석양에 슬피 우는 새소리만이 외롭게 들려 나그네의 가슴을 한숨에 젖게 한다. 꼬불꼬불한 산길을 터덜터덜 내려오다 보면 크고 작은 계곡이 있지만 꼬부랑재 골짜기에는 화전민이 여기저기 다섯 집이나 된다. 그중에 맨 아래쪽의 산 밑에는 최 씨네가 산다.

내가 이 고개를 넘어 돌아오다 보면, 해거름 녘은 굴뚝에서는 생나무 타는 희꾸무리한 연기가 산골짜기를 따라 올라와 어릴 적에 맡았던 향긋한 냄새로 가득 메워져 마음이 한없이 편안하게 느껴왔다.

어느 때는 이른 봄에 졸졸 흐르는 계곡물에서 연분홍저고리에 빨간 치마를 입고 빨래를 하는 최씨 딸의 모습이 아름답게 보였다. 그 소녀를 멀리서 처음 바라보았을 적에는 올괴불꽃을 보고 있다는 생각마저 들었다.

산속에서 만난 소녀라서 그런가. 아니면 자연 속에서 바라보는 마음이라서 그런 느낌이드는 건지. 깊은 산중에서 다가오는 감정은 야릇하다.

오래 산에서 사는 사람의 선한 모습은 언어나 행동은 몸에서부터 자연스럽게 풍겨 나온다. 아마도 자연과 함께 살아가고 있어서인지는 모르지만 참으로 소박하게 느껴온다. 아마도 이것이 산사람한테서 풍겨 나오는 순수한 인간미의 향기일 지도 모른다. 고요한 산속에서 야리야리하게 수즙은 듯 올괴불 꽃처럼 곱게 피어있는 소녀.

그 아리따운 소녀는 몇 년 사이에 어느새 긴 머리를 양갈래로 따

내린 산아가시가 되어 가고 있었다.

그러던 그 소녀가 어느 봄날 먹지를 못해 병저 누었다는 소식을 들었다. 신장병이란다. 먹을 게 없어 나물죽만 짜게 끓여 먹어 병이 들었단다. 안타까워서 한번은 고향에 갔다 돌아오는 길에 수안보 약국에서 신장약을 사다주었다. 절대로 음식을 짜게 먹지 말라고도 일러주었다. 그 소녀는 수줍어하며 퉁퉁 부은 얼굴을 한 손으로 가린 채 약을 받아들고는 고마워 어쩔 줄을 몰라 하였다. 마음속으로 어서 병이 낫기를 바랐다.

그러나 올괴불꽃이 지고난 후 하얀 솜털에 싸여 있는 야들야들한 연둣빛 속잎이 돋아나 자라고 있을 무렵이었다. 그해 오월에 그 소녀는 안타깝게도 꽃이지 듯 세상을 뜨고 말았다는 소식이 들렸다. 가난해서 병원은 고사하고, 약 한 봉지를 제대로 먹어보지도 못하고 눈을 감으며 얼마나 슬퍼하였으랴. 너무도 가여웠다. 꽃처럼 곱게 활짝 피어보지도 못하고 죽어간 소녀의 모습이 자꾸만 오랫동안 눈에 밟혔다. 꼬부랑 재를 넘어 그 집 앞을 지나갈 적마다 아련하게 소녀의 미소가 올괴불나무 꽃처럼 살며시 피어나곤 하였다.

봄이 오면 지금도 가끔은 생각이 난다. 많은 약을 사다주지를 못한 안타까움이 가슴으로 젖어든다. 가난하게 살았던 그 화전민들을 모두 도울 수는 없는 일이지만, 조금만 더 관심을 두었더라면 그 소녀의 생명만은 구해줄 수 있었을 텐데… 참으로 후회가 되었다.

세상을 살아가다보면 어찌 후회되는 일이 한 두 가지 일일까 만은 그래도 이 소녀의 죽음은 왠지 모르게 오래도록 가슴속으로 남아돈다. 남을 돕는다는 일은 알면서도 행하지 못하는 경우도 많지만, 미처 깨닫지를 못해 돕지 못할 때도 있다. 지내놓고 나니 그 당시는 내 인생의 마음그릇은 아마도 그만큼 작아 있었나 보다.

이른 봄에 산에서 어쩌다 올괴불꽃을 보게 되면 얄미운 듯 나약하면서도 요요한 그 소녀의 모습을 바라보는 것만 같다.

가냘픈 올괴불나무 꽃을 보고 싶다. 나지막한 키에 가느댕댕한 줄기 끝에 듬성듬성 피어나는 꽃. 봄바람에 치마폭을 날리며 살며시 미소 짓는 듯한, 순수하면서도 고운 그 모습은 여느 꽃에서는 느낄 수가 없다. 꽃잎보다는 수술 끝에 매달려 있는 자줏빛 꽃밥이 유난히 아름답다. 꽃이 지고 나면 동글납작하게 피어나 있는 연둣빛 잎사귀에는 보송보송 하얗게 돋아난 보들보들한 털은 귀밑머리의 솜털만큼이나 귀엽다. 오월이면 푸른 잎 사이로 앵두처럼 동글동글 쌍을 이루어 빨갛게 맺혀 있는 열매의 모습도 앙증맞기가 그지없다.

올괴불나무 이외에도 괴불나무 종류를 보면, 여러 가지가 있다. 울릉도 섬에서 자라는 섬괴불나무, 붉은 꽃이 피는 홍괴불나무, 흰 꽃이 피는 괴불나무, 각시괴불나무, 산괴불나무, 청괴불나무 등이다. 이들을 식물분류학적으로 살펴보면 잎의 생김새나, 열매가 달리는 모양과 과실자루果柄의 길이가 서로 다르다. 꽃의 모양도 다르다. 꽃이 피는 시기도 열매가 익는 기간도 각각 차이가 난다.

괴불나무 종류는 잎도, 꽃도, 열매도 저마다 특징이 있다. 열매는 모두 붉게 익으며 따 먹기도 하지만, 그 맛은 그저 달착지근하기도 하나 선호하지는 않는다. 꽃도 꽃이려니와 열매가 아름다워 정원수로 이용하기도 한다. 가느다란 줄기에 붉은 구술을 조르르 매달아 둔 것처럼 앙증맞은 아름다움이 있어 매력적이다.

그중에도 긴 겨울의 추위를 이겨내고 일찍 가냘픈 가지 끝에 어떻게 이런 꽃을 피워냈을까. 새삼 자연이 신비롭다는 생각이 든다. 올괴불나무 꽃술의 적자색(赤紫色) 꽃밥은 은근하게 시선을 끈다. 꽃술은 보면 볼수록 얌미움에 발길이 머문다.

월악산 낙엽송

가난한 마음이 들면 아름드리 낙엽송을 가만히 안아본다. 눈이 피로하면 속잎 트는 봄날의 낙엽송 가지를 바라보기도 한다. 오월의 물오른 가지에 피어난 연초록 잎은 고운 수술모양으로 귀엽다. 지난해 자란 가지를 훑어 향기를 맡으면 어린 시절이 아련히 떠올라 그립다.

낙엽송 잎을 보면 그리워하던 아가씨가 시집갈 때 타고 가던 각시가마에 매달린 예쁜 수술같이 느껴진다. 가느다란 가지를 조금 껍질을 상처낸 후 잡고서 손으로 훑어내면 곱게 벗겨진다. 파릇파릇한 잎이 달린 보들보들한 껍질을 목도리처럼 목에 걸고 산길을 걸으면 향긋한 냄새와 함께 어릴 적 소녀가 돌아올 것만 같다.

산 계곡에서 하늘을 찌를 듯 쪼-옥 곧은 푸른 낙엽송 숲속에 누워 하늘을 올려다보면 한없이 행복하기만 하다. 나뭇가지 사이로 보이는 흰 구름은 어쩌면 소녀가 흰 치마를 벗어서 걸어놓은 듯 더 곱게만 느껴진다.

나는 낙엽송 같은 사람이 좋다. 이웃과 다투려 하지도 않고 오직 넓고 푸른 하늘만을 바라보며 곧게 살아가려는 그런 마음 같아서 좋다. 열매도 공연스레 아무 때나 맺으려 들지도 않고, 오륙 년에 한 번씩 맺는 옹골찬 삶을 갖는다. 아마도 이 모두는 산자수명(山紫水明) 한 곳에서 사는 탓인가 보다.

나는 이런 연유에서인지 낙엽송이 자라는 숲 속을 걷기를 좋아한다. 녹색으로 물든 숲 속을 걷다보면 어느덧 마음마저 파랗게 물들어 버린다. 옷에 밴 푸르름을 훌훌 털어버리면 아름다운 잎은 어느새 노란 가을의 낙엽으로 쌓인다.

가을의 낙엽송숲 속을 걸을 때의 운치는 더 잊을 수가 없다. 산들바람이 가지 끝에 쉬면 소리 없이 쏟아지는 황금낙엽을 맞으며 걸을 때의 아름다움은, 희망을 샘솟게도 하고 사랑의 세레나데이기도 하다.

월악산을 가는 꼬부랑재를 넘어 낙엽송의 숲길을 가던 나의 감회롭던 마음은 누구도 모르리.

젊은 시절, 조림을 감독하며 그때 심어진 수십만 본의 낙엽송에서 나의 모습을 본다. 나는 당시 갓 학교를 졸업한 새파란 총각이었었다.

낙엽송을 정신없이 심고 있을 때다. 귀틀집에 살던 유씨 부인이 울며 심어놓은 낙엽송을 뽑아 내던지며 "차라리 날 죽여라" 소리치고는 비탈진 밭에서 몸부림치다가 실신한 듯 나뒹굴었다. 나는 그녀를 부둥켜 끌어안고 처량한 울음에 마구 눈물이 쏟아져 내렸다. 너무도 처절했다. 그러나 낸들 어쩌란 말인가. 너무도 야속한 정부의 시책인 걸…. 조림을 하다말고 일을 나왔던 사람들이 모두 슬퍼하며 산에서 내려오고 말았다. 이후 며칠은 나무를 심지 못하였다.

이 나무는 그때의 내 나이만큼 되어 있어서 그런지, 내 젊음을 바라보는 것 같기도 하고 꼭 내 마음을 알 것만 같다.

지난여름 학생실습 때, 이 고개를 넘으면서 추억을 떠올리기도 하고, 커가는 아름다움에 이 나무 저 나무를 사랑으로 안아보기도 하다 내 따뜻한 볼을 대어보기도 하였다.

"나무야, 너는 내 고통도 슬펐던 눈물겨운 아픔들도 다 알고 있지. 너도 이 만큼 자라오면서 나보다도 더 많은 고통이 있었겠지. 네 곁을 떠난 후 널 너무도 잊었구나. 왜 내가 이런 사람으로 변했는지 모르겠다. 다음에 또 오마……."

뒤를 돌아보며 또 돌아보며 정들었던 산비탈 길을 내려왔다. 이토록 오래도록 흐뭇한 마음이 또 언제 있었던가. 사람이 살아가는 동안 자신이 행한 일 중에서 나무를 심어 숲을 이루게 한 후 싱그러운 숲속을 걷는 순간만큼 감동을 주는 일은 아마도 없을 듯싶다. 나무와 대화를 하며 스스로 행복해지는 추억들을 회상하면서 나무는 노동으로 기르고, 사람은 마음으로 길러야 함을 깨달았다. 나무는 정성껏 관리하면 그 고마움을 알지만 사람은 그 은혜를 잊기가 쉽다.

어느 땐가 묘포장에 낙엽송 종자를 파종하여 예쁘게 발아되었을 때, 관리 소홀로 파란 새싹들이 죽어가던 그 애타던 아픔은 부모가 병든 자식 앞에서 기도하는 마음만큼이나 아파했었다.

우리나라에서 낙엽송 양묘를 처음으로 시도했다는 분은, 충북 청원군 강내면 비하리에 사시던 박종원 씨라는 이야길 들은 적이 있다. 지금으로부터 해방 전의 일이다. 일제는 낙엽송이 조선에서는 양묘가 되지 않는다고 하여 일본에서 묘목을 가져왔고, 조선총독부 농림국에서는 식민지 정책으로 한국인은 양묘를 하는 것을 금지시키기도 했단다. 그러나 그분은 거의 실패를 거듭했지만 굴하지 않고, 수년간의 노력 끝에 기어코 우리나라 땅에서도 양묘가 가능하다는 것을 일본 당국에 보여 주었다. 그러나 일본 사람들은 그를 누구도 믿어주지 않았다.

그의 양묘기술은 일본에서 길러온 묘목이나 다를 바가 없었다. 이 성공의 기쁨은 오직 그분만의 것이 아닌 우리들의 것이었다.

일본인들에게 짓밟히는 것만 해도 서러움에 찬 분노인데, 더군다나 식물마저 저의나라에서 키운 나무만이래야 심을 수 있다는 이론이 어디에 있단 말인가.

한국인이 굴욕당하고, 산은 혈맥을 끊기고, 자연을 송두리째 베어가고, 슬픔에 찬 이 민족은 가난에 떨고, 배고파 허덕여 풀뿌리마저 캐어 먹으면서도 독을 품던 앙갚음은 여기도 있었다.

학계의 권위였던 수원고농(水原高農, 현재 서울대학교 농과대학) 일본의 우에끼(植木) 박사가 현지를 확인하여 학계에 발표되었다. 여러 가지 어려움도 뒤따랐지만 끝내는 일본에서 생산된 묘목 수급을 폐지하였다. 그 후 지방산의 자급자족을 시달하게 됨에 우리의 금수강산에서 자란 낙엽송에서 종자를 채취하여 다 양묘를 하게 되었으니 일제의 산림행정을 바꾸어 놓은 일이기도 하다.

우리민족은 일본인에게 졌었지만, 낙엽송만은 일본인을 이겨냈다. 지금도 어느 산천에는 그때 심겨진 나무가 자라고 있을 것이다. 아니 아름 버는 그 낙엽송이 충북대학교 구내에도 살아 남아있다. 당시에 묘포장에서 풀은 뽑고 물을 주며 묘목을 길러내던 고희가 넘는 분들의 이야기는 아직도 귓전을 울린다.

대동아 전쟁 당시 결전조림(決戰造林)이라 하여 산림사업에 종사하는 사람은 결전용사로 취급하므로 이때에 징용을 면제하여 주었었다고 한다. 그리하여 충북이 제일먼저 이 혜택을 받게 됨에 많은 사람들은 징용에 끌려가지 않으려고 양묘장으로 몰려와, 묘포장은 묘목을 길러내는 양묘장인지 사람의 포장인지 분간할 수가 없었다고 한다.

당시 묘포장을 순방 왔던 일본순사에게 사람의 포장으로 보이게 하여 호랑이 같던 순사를 한때 웃기게 했던 시절도 있었다고 말들 한다. 나는 낙엽송을 바라보며 우리 민족의 슬픔을 들으면서 어렵던 시절을 돌아본다.

낙엽송은 종자 결실의 풍흉이 심한 나무로 알려져 있다. 어릴 때는 음수(陰樹)로 그늘을 좋아하지만 점점 자라면서 햇빛을 좋아하는 양수로 변한다. 다른 나무들에 비하여 수분을 좋아하는 편이다. 낙엽송을 잎갈나무라고도 부르며 두 종류로 나누고 있다. 잎갈나무는 강원도 이북에서 자라며 열매의 인편(鱗片)이 뒤로 재껴지지 않는다. 일본잎갈나무는 인편이 뒤로 재껴진다.

산림청은 산림녹화 십개년 계획 이후 경제림조성 수종으로 낙엽송 일본잎갈나무을 그동안 많이 심었다. 낙엽송은 아름드리로 곧게 자라고 있어 한때는 전보대로 많이 이용되어 오기도 했다. 그러나 시멘트가 공급 되면서 부터는 사용되지 않았다. 낙엽송은 그동안 국가산업 발전에 많은 공헌을 한 나무이기도 하다.

오늘도 외롭고 쓸쓸할 때면 월악산 낙엽송 조림지의 숲속을 한없이 걷고 싶어진다.

[세미나 발표]

정보화 시대에 있어서의 수필 영역

수필가 김 홍 은

1. 정보화 시대의 수필

1) 정보화 시대의 생활

인구가 폭발적으로 증가하고 첨단문명(尖端文明)이 급속도로 발달하는 시대, 하루가 다르게 변하는 시대, 이것이 바로 지금 우리가 살고 있는 시대이다. 이렇듯 복잡 다변(複雜多變)하는 시대의 상황을 헤쳐 나가기 위해서 우리는 더욱 신속하고 정확한 정보(情報)를 필요로 하게 되였으며, 이에 따라 다니엘 벨이 말한 이른바 후기 문명(後期文明)의 사회가 도래(到來)하게 되었다. 각종 대중매체의 급속한 발달은 우리를 정보의 홍수 시대 속에서 표류(漂流)하도록 하고 있다. 이 엄청난 양의 정보 속에서 우리가 필요로 하는 것을 얼마나 신속하고 정확하게 선별하고 입수하여 이용하는가가 우리의 성공과 존폐(存廢) 여부를 가늠하는 시대가 된 것이다.

이런 정보화 시대(情報化時代) 속에 살고 있는 여러분은 요즘 신세대(新世代)들이 말하는 3C맹(盲)이라는 것을 알고 있는가? 3C란 Computer(컴퓨터의 사용법), Car license(자동차 운전면허), Conversation(외국인과의 회화)를 일컫는다. 결국 3C맹이란 컴맹, 운전면허가 없는 사람, 영어 및 외국어 회화가 불가능한 사람을 말하는 것이다. 이중에서 날로 그 중요성이 더해 가고 있는 정보화와 밀접하게 관련된 Computer에 대해서 알아보도록 한다.

20세기 중반까지만 해도 전화나 텔렉스를 통하여 음성이나 간단한 문서 및 그림 등 부분적이고 제한적인 정보를 주고받을 수 있었지만 우리의 문명이 지난 반세기 동안에 비약적(飛躍的)으로 발전됨에 따라 점차 더욱 복합적이고 다양한 자료의 교환이 필요하게 되었다. 이에 종래에는 전문가들의 문서 편집, 또는 어린이들의 오락으로 사용되던 Computer의 막강한 기능이 정보의 교환에 사용되는 것은 어쩌면 필연적인 결과일 것이다. 이제는 Internet 등의 통신망(通信網)과 자신의 Computer를 연결함으로써 전 세계 어느 곳과도 정보 수집 및 정보 교환 등을 용이하게 할 수 있게 되었다. 이런 시대에서 우리가 적응하고 존재하기 위해서는 Computer의 사용이 불가피한 존재가 되어 버렸고 이를 기피한다면 결국에는 시대에 뒤지고 도태(淘汰)되어 질 것이다.

2) 정보 시대와 수필

수필은 시와 소설이 표현할 수 없는 또 다른 맛을 가지고 있다. 수필은 우리의 일상생활에서 쉽게 접근할 수 있는 포근하고 친근한 내용을 가지고 있기에 어떤 다른 문학 장르보다도 독자들에게 더 가깝게 다가갈 수 있다고 생각한다.

수필가들은 작품의 소재들을 어디에서 구하는 것일까? 대부분의 작가들은 간접적이거나 직접적인 자신의 체험을 통하여 얻어진 자료들을 토대로 글을 쓸 것이다. 체험을 하고 필요한 자료를 얻기 위해서는 직접 여행이나 답사(踏査)를 다녀야 한다. 하지만 정보화 시대는 문학의 여러 분야에 서서히 영향을 미치기 시작하여 이렇듯 발로 뛰는 상황은 점차 바뀌게 될 것이며 지금 이 시간에도 그 변화는 진행되고 있다. 하나의 예로서 소수의 기성작가들과 작가 지망생들이 자신의 글을 Computer 통신망이라는 매체를 통하여 일반에 소개하고 독자들의 비평과 원고를 쓰는데 필요한 자료를 구하고 있으며, 이런 이용자들은 꾸준히 증가하고 있는 추세이다. 이러한 상황에 발맞추어 통신망을 지원해 주는 기관에서는 자체적으로 문학 코너를 개설하여 문학계의 이모저모를 보다 신속하게 알 수 있고 또 이용자들이 책을 읽고 느낌을 서로 나눌 수 있도록 하고 있다. 또한 여기서 신간 안내 및 문예지 소식, 문학 뒷얘기 등을 소개하고 아마추어 작가들에게는 자신의 글을 이 코너에 올림으로써 이용자들에게 소개할 수 있도록 하고 있어 문학적 재미를 더해 주고 있다.

또한 문학상(文學賞)을 제정하여 통신에 올라오는 아마추어 문학가들의 작품 중 우수한 작품을 수상하고 책으로 출판하기도 한다. 하지만 이런 내용들을 보면 시와 소설 부문이 주류를 이루고 있고, 문학상도 시, 소설 부문에서만 수상되어져서 수필을 아끼는 사람들에게는 다소간의 서운함이 남는다. 이런 원인은 아직까지 수필가들의 참여가 저조하고 수필에 대한 홍보 및 지식이 이용자들에게 잘 알려지지 않은 점 때문일 것이다. 따라서 앞으로 수필가들이 적극적으로 이런 행사 및 통신망에 참가하여 홍보하고 대처한다면 수필은 일반인들에게 더욱 친밀하게 다가올 것이며, 모두에게 사랑 받게 됨으로써 수필의 앞날도 밝아질 것이다.

또한 Computer의 상용화는 수필에 있어서 다양한 소재를 제공할 것이다. 현재 소설이나 시 분야를 보면 통신과 관련한 소재들(통신의 역기능에 관한 것들도 포함하여)이 점점 많이 다루어지고 있다. 그러나 이렇듯 많은 자료들이 주어지고 소재의 다양화가 이루어지고 있다 할지라도 과거로부터 꾸준히 축적된 문학의 본질은 결코 변하지 않을 것이며 단지 이런 정보망(情報網)은 우리에게 간접 체험의 기회를 보다 많이 제공해 주는 하나의 도구일 뿐인 것이다. 따라서 엄청난 양으로 쏟아져 들어오는 정보 속에서 얼마나 필요한 자료들을 빨리 찾아내고 자신의 글에 적절히 이용하는가가 우리에게 주어진 과제일 것이며, 이러한 보다 풍성한 자료들과 소재들로 인하여 수필의 깊이가 더해지고 폭넓게 다양해지리라 본다.

하지만 이런 속에서 만일 자신에 대한 수련과 노력을 게을리 한다면 결국 이런 정보의 풍요로움 속에서도 절대적인 빈곤을 면치 못하고 도태되고 말 것이다.

오늘을 살고 있는 우리의 현실을 돌아보자. 외국의 경우 책을 종이에 출판하는 것이 아니라 출판 업체가 통신망 속으로 한 권의 책처럼 발행한다. 이용자는 통신망을 통해 받은 내용을 자신의 PC로 읽고, 필요한 사람은 자신의 Printer를 통하여 출력할 수 있는 시대가 대두되고 있다. 비록 우리나라 대부분의 작가나 작가를 지망하는 사람들 중에서 Computer를 이용하는 사람들이 점차 증가하는 추세에 있지만 대부분이 이런 막강한 정보의 보고(寶庫)를 이용할 수 있는 열쇠라고 할 수 있는 Computer를 굉장히 편리한 타자기 하나 정도의 수준으로 사용하고 있지 않은가? 이제 우리는 한번쯤 자신을 돌아보고 더욱 노력해야 할 것이다.

3) 정보화 사회의 수필 역할

수필은 우리의 생활을 벗어날 수 없다. 우리의 생활과 연관되어 있지 않은 글은 더 이상 수필로써의 어떤 매력도, 향기도 발산하지 못하는 것이다. 21세기를 바라보는 지금의 시점에서 Computer로 대표되는 정보화의 물결은 분명 우리의 생활에 매우 중요한 역할을 하며 그 중요성은 날이 갈수록 더욱 심화되리라 본다. 따라서 수필이라는 문학 장르 역시 정보화의 물결을 피하기만 할 수는 없으며 이를 폭넓게 수용하는 넉넉한 자세가 요구되어 진다.

하루종일 Computer앞에만 매달려서 사는 신세대와 Computer라면 왠지 두렵게만 여겨지고 거부감이 드는 구세대가 함께 어울려 살아가는 시대이다. 그러나 Computer는 분명 우리를 당혹스럽게 만드는 존재가 아니라 우리로 하여금 여태껏 경험하지 못했던 새로운 세계를 보여주고 지금의 생활을 좀 더 편리하게 해주는 도구이다. 어쩌면 이 기계를 통해서 우리는 신세대와 구세대간의 갈등을 푸는 해결책을 모색할 수도 있을 것이다. 그렇다면 Computer 등의 각종 정보기기(情報機器)에 대한 우리 수필인의 자세는 어떠해야 하는가?

수필은 어떤 상황의 변화 속에서도 역시 수필일 수밖에 없다. 소재가 변하고 상황이 바뀌며 기호가 달라진다고 해서 수필의 본질이 바뀌는 것은 아니다. 수필은 어디까지나 우리의 일상생활에서 가장 가까이 남는 문학일 것이다. 그것은 은은한 향기를 실내에 가득 채워주는 난(蘭)과도 같다.

그러나 수필이 이렇듯 우리의 곁에 항상 머물러 있는 글이라 하여 그것이 아무렇게나 만들어지는 것은 결코 아니다. 서정주 시인이 한 송이 국화꽃을 피우기 위한 많은 고난을 시로써 나타내었듯이, 아름답고 향기로운 글을 위해서는 많은 시련을 겪고 고뇌하며 그를 관조할 수 있어야 한다. 수필은 우리의 일상생활을 소재로 하는 만큼 그 내용은 우리의 인생인 것이다.

우리의 인생은 무엇인가? 아마도 끊임없는 고뇌의 연속이 아닌가 싶다. 하나의 희망을 보듬어 안고 그를 소중히 키워 나가며 끊임없이 걱정한다. 만일 우리가 그에 대하여 관심을 주지 않게 되면 우리의 인생은 절망의 나락으로 침체되어 영원히 빠져나오지 못하게 될 것이다. 정보화 시대 속에서 우리는 지금까지와는 또 다른 생활 방식을 가지게 되었고 그 속에서 또 다른 고뇌에 빠져든다. 즉, 우리의 꿈을 이 새로운 조류에 휩쓸려 떠내려가지 않도록 지켜야 하는 것이다. 이러한 모든 것을 나는 이름 없는 한 포기의 풀꽃에 비유하고 싶다.

한 그루의 식물이 자라기 위해서는 씨앗이 땅에 떨어져야 한다. 이 씨앗은 많은 환난을 겪으면서 자신의 꿈을 저버리지 않고 마침내 싹을 틔운다. 만일 사람이 이 작고 말 못하는 생명체가 무엇을 원하는지를 알아서 관리를 게을리 하지 않는다면 이 싹은 더욱 건강하게 잘 자라날 것이다. 수필도 마찬가지이다. 향기를 풍기는 한 편의 수필을 쓰기 위해서 우리는 소재라는 씨앗을 놓고 그를 가꾸어 나간다. 발달된 정보 통신과 Computer는 소재를 키워 나가는 데에 많은 도움을 줄 것이다. 만일 우리가 새롭게 대두되는 환경을 무시한다면 이는 마치 씨앗을 전혀 자랄 수 없는 불모지에 방치해 두는 것과 같다. 지나친 시비(施肥)는 그 식물체를 오히려 죽이듯이 정보화라는 것에 너무 집착하는 것도 바람직하지 못하지만 그를 무시하는 것 역시 옳지 못하다. 우리는 언제나 중용의 길을 걸어야 한다.

싹이 커서 하나의 식물체가 되고 그것은 이내 꽃을 피워 사람들의 시선을 유혹한다. 그러나 그 꽃을 피우기 위해 그 생명체는 얼마나 많은 고통을 겪었는지 모른다. 또 그를 지키는 사람은 얼마나 많은 번민을 했던가! 이것이 바로 우리 인생의 한 단편이며 수필인 것이다. 영혼이 없는 글은 말장난에 불과할 뿐이다. 수필이 우리의 생활에서 그 소재를 찾는 것인 만큼 그 글속에는 우리의 영혼이 담겨 있어야 한다. 한 송이의 꽃을 피우기 위한 그 숱한 기다림과 간절함이, 그리고 시련과 고뇌(苦惱)가 깃들어야 하지 않을까. 이것이 바로 정보화 시대에서도 결코 잊혀져서는 안 될 수필의 본질이며, 날로 각박해져 가고 물질 만능이 팽배해져 가는 오늘에 있어 우리 수필인들이 번식시켜 나가야 할 인간적 씨앗인 것이다.

정보화 시대는 자원을 효율적으로 분배하도록 함으로써 우리에게 물질적인 풍요(豊饒)를 가져다주고 있다. 이에 오늘을 사는 우리의 사상도 많이 바뀌어 가고 있다. 그러나 이러한 것들이 인류에 풍부한 물자를 제공할지는 몰라도 정신적인 것을 주는 것은 아니다. 언제부터인가 우리는 정신적인 미덕보다는 물질적인 가치를 숭상하게 되었다. 그러나 분명 물질이 우리의 인생은 아니다. 따라서 수필이 지켜 나가야 할 첫 번째의 도(道)는 인본주의이다. 즉, 정보화에 끌려 다니는 노예가 아니라 그를 부리는 주인이 되도록 하기 위해서는 먼저 우리의 영혼이 깨어나야 하는 것이다. 데카르트의 말처럼 인간은 생각하기에 존재한다. Computer는 생각하지 못한다. 단지 우리가 시키는 일만 할뿐이다. 따라서 우리는 이를 하나의 도구로써 이용할 뿐이지 이에 어떤 환상(幻想)을 품어서는 안 되며 더더욱 종속(從屬)되어서도 안 된다. 그러나 날이 갈수록 사람들은 점차 자신의 본성을 잃어버리고 기계화된 인간이 되어 가는 것 같다.

수필이 해야 할 첫 번째 일은 바로 이것이다. 잃어버리고 손상당한 인성을 되찾아 주고 치유하는 기능을 담당하여야 한다. 자연은 인간의 모태(母胎)이고 인간성은 자연 속에서 찾아야 한다. 바로 자연과 정보 통신 기계의 조화가 필요한 것이다. 깨끗한 행주만이 그릇을 깨끗이 닦을 수 있는 것처럼 만개한 꽃과 같이 밝고 사려 깊은 수필만이 그 향기를 다른 사람에게 전할 수 있다. 다만 인생에 대한 깊은 성찰(省察)과 사색에서 나온 수필만이 바로 아름답게 활짝 핀 꽃으로 남게 될 것이다.

4) 정보 통신을 이용한 수필

이렇듯 많은 사색과 고뇌를 통하여 완성된 수필은 불행하게도 대부분이 제한된 독자층만을 가지는 것이 현실이다. 이는 수필이 일반인들에게 좀처럼 제공되어 지지 않기 때문인 것으로 생각된다. 따라서 Computer통신은 이에 많은 도움을 줄 수 있을 것이다. Computer는 무생물이며 자신이 어떤 사고를 가지는 것이 아니다. 이것은 사용자의 태도에 따라 아주 흉악한 도구가 될 수도 있고 아주 유용한 도구가 될 수도 있다. Computer 통신은 분명 우리에게 유용한 도구로 쓰일 수 있으리라고 확신한다.

현재 pc를 통해 본 수필가의 활동은 어떠한가.

예를 들어 하이텔의 문학관 (6월5일 현재)을 보면 기성작가는 모두 70여편으로 이 중 시 13편, 소설 51편, 에세이 4편, 평론 2편이다. 일반인은 총 27편으로 시 11편, 소설 15편, 에세이 1편이다. 천리안에는 작가문단은 총 47편으로 시 7편, 에세이 7편, 일반소설 15편 (기성작가 8편, 아마추어작가 7편) 추리소설 17편 (기성작가 10편,

아마추어작가 7편) 이며 "나도 작가"란을 보면 총 10568편으로 이중, 시 · 에세이 · 콩트 4933편, 일반소설 4161편, 추리소설 1058편, 기행문 166편, 독후감 250편으로 작가문단란 역시 수필 문학이 뒤져 있다.

이는 우리 수필가들이 소극적인 이용에서부터 가져온 일이기도 하지만 독자들이 수필을 선호하고 있지 않거나 작품성에 문제가 있다고 생각되어진다. 정보 시대의 수필 인구의 저변 확대를 위해서는 우선 수준 높은 작품들을 뽑아 통신망에 올려놓고, 이를 통해 독자들이 수필의 진수(眞髓)를 감상할 수 있는 시간을 마련하여 주어야 한다고 본다.

또한 매주 일정한 시간을 통하여 수필 문학 강좌(隨筆文學講座)를 개설하여 놓는 것도 많은 수필 독자들을 확보하는데 바람직할 것으로 여겨진다.

2. 렌즈를 통하여 본 소재와 구성

1) 정보 시대의 인간성 회복

이른바 정보화 사회라 일컬어지는 오늘날, 사회는 급격(急激)하게 변해 가고 또 다양화되어 가고 있으며 이러한 와중에서 개인의 특성은 무시되고 빛이 바래 지게 되었다. 사람은 누구나 자신을 나타내고자 하는 본성이 있으며, 이에 따라 우리 생활의 모든 것은 매우 격렬해져 갔다.

이것은 우리에게 개성화라는 긍정적인 측면을 주기도 했지만 또

한편으로는 각종 범죄의 과격화(過激化)를 가져오기도 했다. 이러한 상황에서 우리는 언제부터인가 '강렬한 것'에 길들여지고 무감각해지고 말았다. 즉, 이제 한두 사람이 죽었다는 사건에는 눈길조차 주지 않게 된 것이다.

사람의 심성이 날로 각박(刻薄)해져 가고 이에 따라 점점 시들어가는 우리의 영혼을 되살리기 위해서 누군가가 맑은 물을 뿌려 주어 되살려 놓아야만 하는 때다. 이에 수필은 고사(枯死)해 가는 우리의 영혼에 활력을 줄 수 있는 문학이다.

아무리 과학 문명이 발달하여 생활환경이 개선되고 복지 증진이 이루어져 있다 해도 과학의 기술은 인간의 가치를 상실케 하고 있다. 물질 만능시대에 귀착하면서 비인간성(非人間性), 비도덕성(非道德性)으로 치닫고 있는 오늘의 인간사회는 우리 수필 문학세계에도 젖어들고 있다. 수필 장르는 어디까지나 인간 생활에 바탕을 둔 경험적 사실이기 때문에 철학적 인간성을 배제해서는 안 된다.

"위대한 작품은 우리를 가르치지 않고 우리를 변화시킬 뿐이다."라고 괴테가 말하고 있듯이 문학은 어디까지나 인간의 순수성을 잃지 않은 언어로써 구체적인 형상화를 통하여 인간의 진실을 바르게 가르쳐 주고 있을 때 그 가치성을 발휘할 수 있는 것이다.

아무리 기계문명(機械文明)에 의존해 산다 하여도 인간의 기본 바탕은 변할 수 없다. 이와 같이 문학의 가치성을 높이기 위해서는 양적으로 많은 수필가들보다는 소수의 사람이라도 작가다운 수필가로서의 질적 향상이 중요하다고 본다.

2) 자연과 소재

한 장의 그림이 완성되기까지는 그에 따른 여러 가지 구성 요소(構成要素)가 일체감(一體感)을 가지고 유기적으로 연관되어야 한다. 즉, 모든 요소들이 적절한 위치에서 하모니를 이룰 때에 비로소 그 그림은 아름답게 보여지는 것이다. 사진(寫眞) 역시 매 한가지다. 어떤 사물을 한 장의 필름에 담기 위해서는 빛, 피사체(被寫體), 기술 등의 요소가 필요하며 이들 중 어느 한 가지도 빠져서는 멋있는 사진으로 남을 수 없다.

수필도 아무리 좋은 소재가 있다손 쳐도 이에 따른 제재가 경험적이 아니거나 통찰성(洞察性)이 없을 때는 언어적 표현의 형태가 문장으로 형상화될지라도 충분한 문학작품으로서 인정받지 못할 것이다. 이는 삼라만상(森羅萬象)이 모두 소재는 될지언정 제재는 될 수가 없다는데서 그 이유를 찾을 수 있다. 그러므로 소재를 잡는다 해도 다양한 경험적 제재가 없는 한 수필로서 많은 독자를 끌어들이기는 어렵다고 본다.

모든 소재는 씨앗이라고 전제를 내리고 싶다. 한 편의 수필 작품은 보다 분명히 응축(凝縮)의 시간 속에 묘사(描寫)된 입체적 생활을 자연의 아름다움으로 피어 내야 한다. 그를 위해서는 향기로운 꽃으로 피어나는 씨앗에서 소재를 찾아야 한다.

생명이 있는 모든 것은 영혼이 있다. 우리의 인생을 담은 수필도 하나의 생명이 있는 문학이다. 따라서 그 속에는 영혼이 깃들어야 한다. 영혼은 바로 씨앗 속에 잠자고 있으며 수필의 정신은 소재 속에 깃들어 있다. 따라서 하나의 생명을 담고 있는 씨앗은 건전해야만 한다. 쭉정이는 아무리 물을 주고 정성을 들인다 해도 결코 싹을 틔우지 못한다. 수필도 마찬가지이다. 영혼을 지닌 좋은 소재를 골라내는 것이 중요하다. 생명이 깃들지 않은 소재로 시작된 수필은 독자들의 공감(共感)을 얻을 수 없다.

이 시대의 기계문명 속에 사라져가는 인간성의 회복을 위해 이미 루소는 "자연으로 돌아가라"고 했다. 그의 말처럼 자연을 향하는 마음으로 인간의 본성인 眞·善·美를 싹틔우는 수필이 되기 위한 소재가 요구된다.

3) 빛과 구성

소재를 씨앗이라고 한다면 구성은 빛이라 할 수 있다. 우주 만물은 빛에 의해 하나의 조형을 나타낼 수 있어서다. 사람의 눈은 빛을 통하여 사물을 느끼게 되고 형상을 담게 된다. 빛은 명도(明度)의 차에 의해 그 형체를 갖게 하고 활동을 감지하게 하지만 어둠은 환상의 영역으로 이끈다. 즉 낮과 밤이 교체되면서 우리들에게 구성을 떠올리게 한다.

빛은 식물에 있어서 생장에 필요 불가결의 요인으로 작용되고 있으며 그 종류를 보면 상방광선(上方光線), 전방광선(前方光線), 후방광선(後方光線), 직사광선(直射光線), 반사광선(反射光線)이 있다. 이와 같은 광선의 이용은 관계되어 식물의 생장에 차이를 낼 수 있게 된다. 작품에 있어서 같은 소재를 선택하였다 하더라도 식물처럼 광선의 종류에 따라 내용이 효과적으로 달라질 수 있을 것이다.

어두움 속에 빛이 어떻게 가해지느냐에 따라 물체의 형상은 변화되어진다. 또한 물체 위에 빛이 어떻게 반사되는가에 따라 어떤 모습으로 사물의 형태가 그려지는 지를 우리는 읽어 낼 수가 있다. 그러나 어두움이 사라지면서 사물의 형상이 떠오르게 되고 빛이 소멸되면서 어두움 속으로 사라져 간다. 이런 일들이 반복되면서 한없이 넓은 하늘의 공간성 위에 한 점의 소재는 빛의 구상으로 싹틔우게 된다.

이와 같이 우리의 시각으로부터 나타나는 형상은 씨앗과 연계된 하나의 점에서부터 이루어지기 시작한다고 볼 수 있다. 즉 한 문장은 단어의 떠올림에서부터 구성이 되어져 한 단락이 이루어지며, 이들의 자리 매김은 평면 공간인 원고지에 짜 넣게 됨으로 구성은 이미 이루어지고 있다고 할 수 있는 것이다.

한 알의 씨앗은 빈 우주의 공간들을 가득 메워 놓을 수도 있고 그대로 한 점으로 남아 있게 될 수도 있다. 이것은 수필가가 하나의 소재를 어떻게 구성하여 완성된 문장으로 떠올리는 가에 따라 한 포기의 식물로 성장하여 아름다움으로 만들기도 하고 때로는 그대로 사그라져 버려지게도 한다.

한 알의 씨앗(소재)은 흙 속에 묻히게 되면 수분과 온도, 산소, 빛(구성)을 함께 함으로써 싹을 틔우게 된다. 이 싹이 자라면서 뿌리와 줄기, 잎이 나게 되고, 더 많은 빛을 받게 됨에 따라 건강한 식물로 꽃을 피우고 열매를 맺는다. 이와 같이 씨앗은 빛을 잘 받게 됨으로써 그 가치를 낳는다.

빛의 양에 따라 그 씨앗은 단순하게나 복잡하게, 또는 산만하게 발아하지만 그 속에는 질서가 이루어진다.

재배가(栽培家)는 식물을 이용 목적에 따라 다양한 모양으로 가꾸어 놓기도 하지만 씨앗이 지니고 있는 원래의 목적이 무엇인가를 생각할 때 유기적으로 배열하고 결합시킴으로서 식물로 자라 꽃이 피고 열매를 맺는다. 즉 한 알의 아름다운 씨앗이었던 소재는 구성이라는 빛을 통하여 꽃다운 수필로 남게 된다.

(수필을 위한 일반적인 소재와 구성은 슬라이드를 통하여 설명을 보충하고자 한다.)

3. 정보화시대 수필가의 과제

예술은 어디까지나 고뇌의 즐거움이다. 이런 즐거움 속에서도 수필은 모든 장르를 종합한 사회적, 경제적, 자연적, 인간적 요소들을 지닌 문학으로서 누구나 쉽게 접할 수 있고 느낄 수 있어야 한다. 그러나 그 소재나 구성은 인생을 행복한 삶으로 추구하는 문학이 되도록 하여야 함은 물론이고, 예술적인 멋을 담는 수필 문학으로 자리매김 되어야 한다.

현대 사회는 기계화(機械化)됨으로써 인간미를 점차 잃어 가고 질서를 저버린, 극단적인 이기주의로 변해 가고 있다. 이 험악(險惡)한 우리 사회에 이제는 따스한 인간성의 회복(回復)이 필요한 때이다. 아무리 정보화 시대 속에 살아간다 해도 우리는 인간 자체의 근본으로 회복시켜 나가는 수필의 구성이 이루어져야 할 것이다.

수필가는 단순히 글을 남기는 사람이 아니다. 작가는 깊은 사색과 성찰이 필요하다. 더욱 중요한 것은 그 속에 따스한 인간미가 깃들어 있어야 한다. 그것은 자연에 대한 찬미이고, 생활에 대한 사랑이며, 인간에 대한 숭고함이어야 한다. 즉, 독자들에게 수필을 통하여 정화된 감성을 일게 하는 가교(架橋)의 역할은 바로 수필가들이 할 일인 것이다.

인간성 회복(人間性 回復)은 수필작품으로 하여 현대인들의 마음에 박애 정신을 심어 줄 수 있어야 한다. 이는 곧, 불꽃이 있을 때만이 사람들의 언 손(手)을 녹여줄 수 있듯이 수필은 인간애(人間愛)로 타 올라야 한다. 이를 위해서는 먼저 수필가들이 뜨거운 가슴을 가지고 있어야 된다.

흔히 현대 사회를 인간성 상실(人間性 喪失)의 시대라고 부른다. 그러나 이 세상에는 아직도 많은 아름다운 사연들이 깃들어져 있다. 수필을 통하여 우리는 잊혀져 가는 따뜻한 마음을 되찾도록 해 주어야 한다. 어두운 밤바다를 밝게 비춰 주는 등대지기와 같은 역할은 바로 현대의 정보화 사회를 살아가는 수필가들의 과제일 것이다.

-이 글은 1993년 한국수필 세미나서 발표한 내용임.

영상시대의 수필집 발간과 홍보

김홍은 (충북대학교 명예교수)

1. 들어가며

문헌에 의하면, 상고시대에는 상호간의 믿음 또는 약속의 부호로 의사를 소통해 오다가, 문자가 생긴 이후 그 글자를 적어 놓을 대상물이 필요하게 되었다. 그 대상물이 초기에는 생활 주위의 모든 것으로 종 · 솥 · 제기 · 쇠붙이 · 돌 · 기와 · 갑골(甲骨) · 댓조각 · 나뭇조각 등이었다고 한다.

이러한 여러 가지 물건에 한 개씩 글자와 그림을 새기거나 쓴 것을 가지고 책이라고 할 수는 없고, 이것들이 체계적으로 잘 엮어져야 비로소 책으로서의 구실을 할 수 있을 것이다.

책의 기원은 대나무 줄기(竹簡)나 나무 조각(木牘) 등을 잘 이용하여 편철해서 사용하였던 것으로 학계에서는 보고되고 있다

이 책(冊)이라는 글자는 일찍부터 사용하여 왔었지만, 1906년 설립된 '대한도서관' 의 명칭에 책의 의미를 살려 도서(圖書)라는 용어를 처음으로 사용하였다고 한다. 책이라는 말은 형태적으로는 책(冊)이요, 내용적으로는 그림과 글이 포함된다 하여 흔히 도서로 불리기도 한데서 그 의미도 담겨져 있다.

2. 수필집 출판과 홍보 관심

수필은 인간의 감성을 진솔하고, 섬세하게 나타내는 장르이므로 도서의 제목이 어떠한 매체로 사용되어 홍보성을 높일 수 있는가를 살펴봄으로 책의 가치를 한층 높일 수 있을 것이다. 수필집을 살펴보면 책의 제목은 가지각색이다.

수필집은 단순한 출판으로만이 아니라 하나의 개인적 문학생산품으로, 필요에 의한 글이기 보다 예술적인 가치를 담고 있는 문학의 유물이다.

누구나 작가는 문학작품들이 한 권의 저서로 출판되면, 도서로써 얻어지는 소중한 가치로 독자들이 선호해 주기를 바라고 있다.

이렇게 작가는 책을 발간하는 데만 신경을 썼지 실질적인 문학적인 홍보부분은 등한시한다.

작품집을 발간한 작품에 아무런 홍보가 없게 되면 자신이 발간한 출판물의 가치에 비해 독자들의 관심도도 떨어지거나 소중한 작품집이 있다는 사실을 잊게 된다.

이제부터라도 자신이 발간한 출판물에 대한 관심도를 높여 새로운 도서의 가치관을 찾으려 노력하게 되면, 독자들의 관심도도 그만큼 높아 질것으로 생각한다.

이에 수필문학의 발전을 위해 미약하나마 영상시대의 수필문학에 대한 문학적 접근을 시도해 보려한다.

책의 제목은 독자들과의 관심도를 높이기 위해 작가는 출판 시에 많은 고심을 한다. 물론 작품과의 연관된 집약된 표현을 담아내는 것이 일반적인 상례이기도 하다. 수필집은 작가의 정신적인 산물이요, 작가의 인격과 지식이 묻어나는 경험적 지혜와 삶의 철학을 담아서 엮어 놓는 문학예술품이다.

도서의 직·간접적인 홍보에 대해 인식을 새로이 하고, 영상시대에 맞게 적극적으로 문학적 관심을 높이는 노력도 절실하다. 이러한 시점에서 작가와 출판사, 작가와 독자, 또한 출판사와 서점, 출판사와 독자 간의 출판물에 대한 홍보 관계의 고민이 필요하다. 어떻게 하면 좋은 도서를 출간하여, 책이 잘 판매될 수 있을까 하는 전략도 고민해 보아야 한다.

문학도서가 우리들의 사회생활 속에서 어떻게 반영되었는지는 그 시대와 그 시대를 살았던 사람들의 정서나 문화 속의 생활상으로 표출되기도 한다. 이러한 문화의 문학적 가치를 조사하고 발표함으로서 수필집 제목이 우리들 정신과 정서속에 얼마나 큰 자리를 차지하고 있는가의 설명도 요구된다.

한국출판협회에 따르면, 문학저서 발간만도 1년이면 수천 수만 권에 이르고, 내용만으로도 매우 다양하다고 한다.

이에 수필장르에 한정하고 수필도서 제목에 관해 조사하여 이를 통하여 현대의 우리 수필 작가들이 어떠한 문학관을 가지고 있는지 알아보려고 하였다.

이를 분석하여 보고자, 인터넷상에 올라와 있는 수필집으로, 2006년 2월부터 2007년 7월까지 발표되어 있는 홍보기재 된, 도서 1,185권을 옮겨 적었다. 이를 표본으로 하여 영상시대의 홍보활용을 위한 기초로, 수필집 제목 및 출판사를 조사 분석해 보았다.

3. 저서의 제목과 출판사의 선호성

1) 수필집 제목의 구분별 선호도 분석

우리는 일상을 살아가면서 인생이란 무엇인가. 또 왜 사는가라는 화두를 놓고 고민할 때가 있다. 그런가 하면, 문학은 왜 필요한가도 더러는 생각해 볼 때가 있다. 글을 쓰면서 이럴 때마다 문학이란 무엇인가를 떠올려 놓기도 한다. 많은 학자들은 문학이란 무엇인가에 대한 정의는 대부분 '언어로 된 예술'이라고 설명하였다. 문학은 언어로 된 예술임은 틀림이 없다. 그러나 언어 속에는 인간의 지혜와 철학이 담겨져 있어야 한다고 생각한다.

수필집의 제목은 모든 작품 속의 내용들을 응축한 짧은 문장의 표현들로 붙여진 이름이나 다름없다.

작품 한 편, 한 편 속에 작가의 정신이 깃들려 져 있다. 그래서 작품 속에는 남다른 작가의 정신사상이 담겨져 있을 때 그 문학의 가치를 발휘할 수 있다고 생각한다.

아래의 표 1은 2006년 2월에서 2007년 7월까지 발표된 도서(수필집)를, 수필 제목으로 구분한 주제별 분류로 이를 보면 다음과 같다.

표1. 수필 제목으로 구분한 주제별 분류

구분		내용 분류	권(수량)	비고
1	인간	인생, 나, 사람	94	사람에게 가는 길, 웃어라 인생아
2	행복	행복, 기쁨, 웃음, 즐거움, 돈	119	
3	사랑	사랑, 당신, 그 사람 영원, 그리움	123	
4	죽음	죽음	4	
5	삶	삶, 생활, 세월, 이야기	231	
6	종교	종교적 내용	25	
7	교육	학교, 교육, 배움	25	
8	철학	사색, 꿈, 희망, 철학 생각	192	
9	명상	마음, 명상	51	
10	여행	여행, 고향, 나라	89	
11	자연	산, 바다, 꽃, 나무	34	
12	기타	다양한 내용	190	분류상으로, 혼란을 주는 제목의 내용.
합계			1185	

위의 표에서 보는 바와 같이 전체의 작품내용을 나름대로 분류하였다.

첫째, 수필 소재가 되는 범위로 인간, 행복, 사랑, 죽음, 삶, 종교, 교육, 철학, 명상, 여행, 자연, 기타 등 12개로 구분지었다.

둘째, 도서목록을 정리하고, 책제목을 읽고 내용에 따라 분류하여 12개의 대분류에 편입시켰다.

물론 12개의 분류에 편입시키는 데는 다소간의 오류가 발생할 수 있었을 것으로 생각된다. 그 이유는 수필 제목에 따른 작품을 읽고 난후, 충분히 내용을 정확히 파악하고 이를 대분류에 편입을 시키지 못한 점이다. 그렇지 않으면 최소한 목차의 제목만이라도 읽은 후 도서 제목에 맞는 분류에 편입시켰어야 하는데, 이렇게 하지 못하였음에 대분류의 오차한계를 시인할 수밖에 없다. 다만, 문학 장르의 책 제목을 가지고서 정확하게 표현되었거나 이와 유사한 제목의 내용을 편입을 하였고, 그 외의 제목으로 분류에 적합하지 않거나 잘 이해가 가지 않는 제목은 기타로 하였다. 이로 볼 때보다 신빙성을 나타나게 하려면 많은 시간이 소요되어야 할 것이다.

이나마 이 같은 방법으로 분석하여 홍보 방안을 제기하게 됨은 처음 있는 시도임으로 수필세미나로서 새로운 발전 계기를 마련하고자 하는 데 그 뜻을 두고자 한다.

이의 분류를 보면 인간, 명상, 사랑, 행복, 철학으로 인생, 삶, 나. 사람, 생활, 세월, 웃음, 기쁨, 슬픔, 인생의 마음, 명상, 생각 등이 가장 많았음을 알 수 있다. 이는 무엇보다도 평소에 인생살이에 있어서 작가나 독자들의 관심도가 높고 수필 소재도 다양하고, 일상의 생활로부터 소재를 얻기가 쉽기 때문에서 가 아닌가 한다.

한편 이러한 소재들은 주로 삶의 이야기들로 독자들이 감동을 받기가 쉬워 독자들의 선호도도 높은데서 이러나는 현상일 것으로 추측한다. 또한, 가장 적은 분류로는 죽음, 교육, 종교, 부분의 제목의 빈도가 가장 낮았다. 이와 같은 현상은 평소에 수필 작품을 소재로 삼았을 때 크게 감동을 주기가 어렵고, 한편으로는 다른 분류에 비하여 독자층도 많지 않다는데서 오는 현상으로 생각된다.

이런 점으로 미루어 볼 때, 작가의 테마적 작품 소재를 잡아 꾸준히 좋은 수필을 발표함으로 독자층을 높여 가야할 할 것이다. 그리고 그 분야에서는 뛰어난 작품성과 새로운 소재로 신선한 작품으로 선을 보이며, 홍보를 겸함도 필요하다고 여겨진다.

소재 찾기의 방법도 많은 유사한 내용을 가지고 다루는 것보다는 오히려 독자층은 적은 분야를 개발해 나감도 새로운 수필쓰기의 방법이면서도 홍보의 효과성을 누리기가 쉬울 수도 있다고 생각된다.

2) 영상시대 수필집 출판의 선호도 분석

자료에 의하면, 2001년도 12월 조사 결과에 의하면, 우리나라의 출판사 수는 17,239 개소이고, 서점 수는 2,636개라고 한다. 일본의 경우는 출판사 수가 4,406개소에, 서점 수는 9,300개 이고, 독일은 출판사수가 2,632개소이고, 서점 수는 7,532개소나 된다고 한다. 우리나라의 출판사 수와 서점수를 다른 나라와 비교해 보면 이해가 잘 되지를 않는다. 책을 발간해 내는 출판사가 서점 수보다도 무려 6배나 더 많다. 이런 현상이고 보면 1년에 1권을 출판하는 출판사가 10%에 해당하는 1,700개소나 된다고 한다.

출판학개론에서 안춘근은 도서의 정의를 책은, 사람의 사상이나 감정을 글자나 그림으로 기록하여 꿰어 맨 것이되, 용이하게 펼쳐 볼 수 있고, 어떤 목적을 가진 내용이 들어 있어야 하며, 일정한 분량(49쪽 이상)이 있어야 한다고 그 요건을 내세우고 있다.

우리나라의 훈민정음, 조선왕조실록, 직지심체요절, 승정원일기는 진귀한 우리민족의 자랑과 인쇄의 출판문화를 과시하는 책으로 이미 수백 년 전에 엮어진 도서이다. 청주에서 발견된 직지심체요절은 독일의 구텐벨르그의 인쇄술보다도 70년이나 앞서 있다고 한다. 앞의 책들은 유네스코 세계문화 유산으로 등재된 자랑스럽게 남겨주신 선조들의 유산이다. 이를 긍지로 삼아 앞으로도 한국의 특징 있는 인쇄 출판문화가 계승되어 가기를 바라는 마음이다.

지난 일 년 오개월동안 전국 각지의 출판사에 수필집을 발간하고 인터넷에 홍보되어 있는 도서를 통하여 다음과 같이 뽑아서 비교를 만들어 보았다.

표 2에 의하면, 1권을 발간한 출판사는 350곳이었고, 2권을 펴낸 출판사는 104곳이다. 20권 이상 발간한 출판사는 3곳뿐이다. 수필집 발간으로만 보았을 때, 이들의 출판사는 수필가들에게는 관심이 적다는 것을 시사하고 있음을 알 수 있다.

표2. 각 출판사가 출간한 수필집 수 통계

(2006년 1월부터 2007년 7월까지)

출판 권 수	출판사 수	비고	출판 권 수	출판사 수	비고
1	350		11	2	
2	104		12	2	
3	43		13	1	
4	20		17	1	
5	11		18	1	
6	4		19	1	
7	6		20	1	
8	3		26	1	
9	4		54	1	
10	2				

이는 저자와 출판사간의 커뮤니케이션이 잘 이루어지거나, 다른 출판사보다도 출판비가 저렴하다던지, 그렇지 않으면 홍보적 측면에서 선호도가 높을 것으로 판단된다.

지난 2006년 1월부터 2007년 7월까지 가장 많이 수필집을 펴낸 출판사를 살펴보면, 에세이출판사(54권), 수필과 비평, 신아출판사

(28권), 선우미디어(26권), 문학관(20권), 랜덤하우스코리아(19권), gumbook(17권), 범우사(13권), 갤리온(12권), 생각나무(12권), 샘터(11권), 정은출판(11권), 문학동네(10권) 순으로 나타났다.

영상시대의 수필집을 인터넷상에서 찾아볼 수 있음은 출판사에서 그만큼 저자나 독자들에게 홍보가 되어 있음을 알 수 있다. 단순히 수필집 발간에 대한 것으로 만 따져 본다면, 이외의 다른 출판사들도 많은 홍보는 하겠지만, 이들의 출판사들한테는 어딘가 뒤지고 있음을 느끼게 된다. 이에 따른 구체적인 판단은 독자층에게 맡기기로 하고, 더 깊이 홍보문제를 논하다보면 사업에 관한 문제로 치우치게 됨으로 이만 생략하기로 하겠다.

출판권 수 별 출판사 수 분류 (합계 554 출판사)

40권	20~30권	15~19 권	10~14권	5~9권	1~4권	계
1	2	3	8	27	513	554

수필집을 일반 대중들이 선호하게 만들기까지는, 무엇보다도 작가의 작품성에 달려 있다고 하겠다. 우리 수필가들은 많은 독자들을 끌어 들이기 위해서는 수필의 질적인 정서뿐만 아니라 정신적, 문화적, 예술적 창조의 가치와 인생의 삶에 이르기까지 도움이 되어야 하겠다.

이는 수필문학이 더 높은 차원의 문학으로 발전할 수 있는 기반을 탄탄히 하고자 하는 점에서 앞으로도 더 많은 고심을 해야 한다고 생각한다. 지금까지 대개의 수필은 단순한 서정적 차원에서의 인식을 벗어나지 못하고 있다. 이로써 이제는 단순한 서정성에서 머물지 않고 보다 깊이 있고, 다양한 경험적 바탕에서 스며 나오는 인생철학이

배여 있는, 문학의 정신적 가치를 느끼게 해 주어야 하겠다.

영상시대에 걸 맞는 홍보와 작품의 매수에도 신경을 써서 독자들이 선호하는 방향으로 고개를 돌리는 것도 한 가지 방법이라 하겠다. 가장 손쉬운 방법으로는 인터넷을 통한 카페 활동으로 작품을 올리는 방법이 가장 빠른 길일 것이다. 그 외로는 언론매체와 광고를 빼놓을 수는 없을 것이다.

4. 맺으며

헤겔이 예술총론에서 문학의 목적을 내세우는 내용을 요약해 보면, '인간의 가슴으로 심오하고 다양하게 철저히 느끼게 하는 것이며, 정신이 그 사상과 이념 속에 지니고 있는 본질적이고 숭고한 것, 고귀하고 영원하고 참된 것이 지닌 찬란함을 인간의 감정과 직관에 제공하여 향유하게끔 하는데 있다고 하였다. 또 희, 노, 애, 락, 애, 오, 구(喜怒哀樂 哀汚懼)를 느끼게 하고, 창조적 상상력으로 하여금 표현한 것의 효과에 대해 쾌감, 만족, 즐거움을 느끼도록 해줌으로, 한편으로 문학은 효용성에 더 높은 목적과 가치의 척도를 두어야 한다는 것이다.

한편, 문학의 목적은 교훈적인 효용성에만 한정해 버리면 문학의 다른 측면 즉, 쾌감과 즐거움, 흥겨움을 주는 측면은 마치 비본질적인 것처럼 간주되고, 또 교훈이라는 효용성에 부수적으로 따르는 것으로 전락하고 만다고 하고 있다.

그러므로 예술이 일반적으로 교훈을 주고, 개선시킴으로써 세계의 도덕적인 목적을 자신 속에 심어야 한다는 것이다. 이러한 관점에서 자신의 훌륭한 저서를 편찬하고 홍보를 통하여 많은 독자들이 읽게 함으로 사회문화를 반전시키는 효용성을 발휘시킬 작가적 정신을 가져야 한다고 생각한다.

이런 점으로 미루어 영상시대에 맞는 퓨전 수필문학으로 발전하고 시대를 앞서가는 작가정신이 요구되기도 한다.

(2009년 5월 발표)

〈수필문학 참고 교재〉

* 수필 공부를 위한 참고 문헌

나의 수필쓰기 : 윤재천

수필문학의 이해 : 윤재천

수필 쓰기의 이론 : 정진권

문장기술론 : 김봉군

수필의 양식과 구성원리 : 정주환

수필평론의 이론과 실제 : 이철호

수필문학입문 : 윤오영

문장 강화 : 이태준

수필 어떻게 쓸 것인가 : 윤모촌

수필을 말한다 : 김시헌

인생의 재발견 수필 쓰기 09 : 이정림

수필문학 강독(상,하) : 한상렬

새로운 수필문학 창작기법 : 강석호

수필집 : 나무가 부르는 노래(김홍은)

쉽게 읽는 수필 평론집(김홍은)

41인 명작품선집(푸른솔문학회)

* 참고문헌

隨筆文學 入門 : 尹五榮/ 隨筆文學의 理解 : 尹在天

문장기술론 : 김봉군/ 수필의 양식과 구성원리 : 정주환

수필평론의 이론과 실제 : 이철호

자연수필의 산책
수필 강의 노트

초판 인쇄 2016년 11월 25일
초판 발행 2016년 12월 07일

지은이 김 홍 은
펴낸이 노 용 제
펴낸곳 정은출판

주　소 (04558) 서울시 중구 창경궁로 1길 29 (3층)
전　화 02-2272-8807
팩　스 02-2277-1350
출판등록 제2-4053호(2004. 10. 27)
이메일 rossjw@hanmail.net

ISBN 978-89-5824-317-5 (03810)
값 12,000원

* 이 책의 제작비 일부는 충북문화재단기금을 지원 받아 출간되었습니다.